UNE COMPAGNE PRÉDESTINÉE

LA FIÈVRE DES OURS, TOME 3

VIVIAN AREND

The Bear's Forever Mate / Une compagne prédestinée

Copyright © 2020 par Arend Publishing Inc.

ISBN : 9781989507544

Traduit par Marine Sander pour Valentin Translation

Conception de la couverture © Damonza

Journal personnel, Giles Borealis, Sr.

Il en reste donc un.

Bien entendu, il semble logique que ce soit lui le dernier à suivre mes instructions et à se trouver une compagne. Têtu comme une mule, celui-là, tout comme son père.

Comme tous les mâles de cette famille, en toute honnêteté.

Cooper est probablement celui qui me ressemble le plus. Protecteur, attentionné, il est un véritable point de repère pour le reste de la famille. Les frères de ce garçon viennent toujours le voir pour lui demander conseil, et, dès qu'il est en groupe, tout le monde semble évoluer dans son sens.

Il cherche toujours à faire le bien pour tout le monde. Il serait grand temps qu'il en fasse de même pour lui pour une fois.

Ce petit entêté ne serait pas d'accord, j'en suis certain. Une formation juridique, ce n'est jamais de refus, à part lorsque ces petits chenapans s'en servent pour trouver un moyen de se sortir d'une dispute perdue d'avance avec moi.

Je ne vois pas pourquoi il pense pouvoir continuer à s'en sortir avec ses astuces de petit malin. Il hérite de ce trait de caractère de l'autre côté de la famille. Certainement de ma chère compagne. Bien sûr, je ne partagerais jamais mes soupçons avec Laureen !

Dans tous les cas, je sais de quel type de femme Cooper a besoin. Elle doit être douce pour pouvoir accepter son instinct protecteur, mais elle doit posséder des nerfs d'acier pour pouvoir lui forcer la main lorsqu'il n'est pas du tout raisonnable. Amber est à coup sûr celle qu'il lui faut. Entre elle et la fièvre d'accouplement, il sera impossible pour Cooper de lui échapper.

Il a beau croire dur comme fer au contraire, l'aîné de mes petits-fils succombera à son tour. Cela fait si longtemps que j'ai mis la machine en marche pour que cet accouplement se produise qu'il ne verra rien venir. Il ne saura jamais que j'ai eu quelque chose à voir avec lui.

C'est pour le mieux, je pense. Je n'ai pas besoin qu'on m'attribue le mérite des accouplements réussis de mes petits-fils. Je veux juste des petits-enfants que nous pourrons câliner avec Laureen. Si j'ai bien interprété les signes, je pense que ce nouvel accouplement marquera le début parfait pour la nouvelle génération.

Vieillir signifie avoir plus de temps pour observer le développement de leurs histoires. Je suis impatient de voir ce que Noël apportera à la famille Borealis, et surtout à Cooper et Amber.

Je ne fanfaronnerai pas tant que tout ne sera pas terminé, mais cela approche...

Je le vois bien !

INTERLUDE

Décembre. Une cabane isolée, quelque part dans les régions sauvages des Territoires du Nord-Ouest, au Canada.

Cooper Borealis resserra sa prise sur le châssis de la fenêtre et lutta pour garder le contrôle.

J'ignore pourquoi tu as besoin de tout compliquer, se plaignit son ours intérieur. *C'est la fièvre d'accouplement, pas la guillotine.*

J'ai mes raisons. Je me suis déjà expliqué. Tu n'es pas humain, tu ne comprends pas, mais ceci est important. Rappelle-toi ta promesse.

Discuter avec son côté métamorphe lui était aussi naturel que de respirer, mais ici ? Et maintenant ? Cooper était sur le point de s'aventurer en zone sinistrée, et il avait besoin que ses explications restent brèves et concises.

Une autre vague de désir sexuel traversa son corps et il frissonna en se détournant de la scène hivernale. Tôt ce matin, il s'était retiré dans cette petite cabane, et il était désormais temps de s'enfermer pour s'assurer de ne pas faire d'idioties. Par exemple, la quitter pour traquer la femme qu'il désirait.

La femme avec laquelle il comptait être « lorsque ce serait le Bon Moment », ce qui voulait dire dans à peu près cinq ans. Peut-être un peu plus tôt si lui et Amber Myawayan pouvaient régler tous les problèmes qui se dressaient sur leur chemin avant cela.

Un grondement sourd rugit à l'intérieur de lui, et Cooper sentit qu'il perdait le contrôle. Aucun souci...

Enfin, beaucoup de soucis potentiels, mais ils seraient moins nombreux si son ours polaire se tenait bien.

Tu te rappelles ta promesse ? demanda Cooper de nouveau.

C'est incroyablement agaçant, répondit sèchement la bête. *Pourquoi crois-tu que ma capacité de concentration correspond à celle d'une mouche alors que je fais partie de toi ? Tu ne penses pas plutôt que toi, tu es incompétent ?*

J'ai simplement besoin que tu comprennes que c'est sérieux, répéta Cooper.

Il s'assit sur le lit et vérifia que tout ce dont il avait besoin était bien à sa portée. Un frigo plein, beaucoup d'eau. Il tira sur la chaîne qui jonchait le sol et dont les maillons brillants rejoignaient la salle de bains avant de revenir vers le lit, formant une boucle. Le système de retenue en métal lourd était assez long pour lui permettre d'être coincé toute la durée de la fièvre sans se blesser.

Cependant, la chaîne n'était pas suffisamment longue pour le laisser atteindre la porte ou partir.

Tant que son ours n'utilisait pas sa force pour se libérer.

Cooper menotta son poignet gauche.

Tu as promis de ne pas intervenir tout du long de la fièvre d'accouplement. Tu ne prendras pas le contrôle de la transformation et tu ne briseras pas les menottes. Tu ne...

Je vais te mettre une raclée si tu continues de me sermonner comme si j'étais un ourson de cinq ans. J'ai écouté les raisons pour lesquelles tu n'as pas envie de profiter de la fièvre, une énième fois, et même si je ne suis pas tout à fait d'accord, j'ai promis. Maintenant, la ferme. Tu me saoules.

La communication avec son côté métamorphe s'interrompit comme un robinet qu'on aurait fermé.

Cette foutue bête était en train de bouder.

Cooper haussa les épaules et resserra la menotte. Il tira légèrement dessus pour s'assurer que sa force humaine ne suffirait pas à arracher la chaîne de l'endroit où elle était attachée sur le cadre du lit. C'était un homme de grande stature et il n'était pas impossible qu'il soit capable de se libérer d'un lit et de menottes standard.

C'était bien pour cela qu'il s'était assuré que toutes les améliorations nécessaires au refuge soient faites lorsqu'il avait réservé la cabine.

Lorsqu'une traction vive résista également face aux renforts métalliques, Cooper s'allongea sur le matelas et ferma les yeux.

La fièvre d'accouplement était venue.

Ses pensées s'embrouillèrent à mesure que son appétit sexuel et le besoin de retrouver l'objet de ses désirs refaisaient surface. Cette fois, Cooper ne lutta pas contre les images qui défilaient dans ses pensées.

Amber et ses cheveux foncés qui retombaient sur ses épaules. Elle levait les yeux vers lui.

Elle était la seule femme dont il avait envie. Son pull tombait en avant et dévoilait sa peau nue au niveau de son épaule et du sommet de sa poitrine.

La superbe femme nippo-canadienne le dévisageait. Elle se rapprochait de lui, les yeux sombres et inquiets. Ses genoux étaient appuyés près de lui sur le lit, assez loin pour qu'elle doive appuyer une main contre son torse nu pour garder l'équilibre.

Une sensation étrange imprégna ses pensées fébriles. La pression contre sa poitrine était réelle.

Oh, mon Dieu, il était en train de faire une attaque. Son refus de la fièvre allait causer sa perte.

Cooper ouvrit immédiatement les yeux et découvrit que les yeux sombres, les genoux sur le matelas, ainsi que la femme sexy qui le surplombait n'étaient pas les produits de son imagination.

Amber se trouvait véritablement là.

Oh, bon sang...

1

———

es lumières de la pièce à l'étage de la taverne des Diamants étaient toutes allumées. Leurs tons jaunes et dorés repoussaient l'obscurité hivernale.

Cooper termina son premier verre de whisky et le remplit à nouveau avant de s'adosser à son fauteuil. Il ne prêta pas attention à la vieille horloge sur le mur.

Ses frères étaient en retard pour leur rendez-vous hebdomadaire. Une nouvelle fois.

Il ne pouvait pas leur en vouloir. Ses deux jeunes frères avaient désormais chacun une dame à la maison pour les occuper...

Des rires s'élevèrent du rez-de-chaussée. Un son chaleureux qui émanait d'Alex et qui fut suivi par James. Leur satisfaction et leur bonheur ne trahissaient pas seulement la complicité qu'ils avaient trouvée, mais aussi leur satisfaction sexuelle avec leurs compagnes.

Une image d'yeux brun profond et de mouvement

souple de longs cheveux foncés traversa les pensées de Cooper, accompagnée de *son* odeur. Son corps réagit sur le champ et il étira les jambes pour avoir plus de place. Il ne pouvait même pas rejeter la faute sur ses instincts animaux, c'était uniquement une réaction humaine face à une tentation immense.

Un instant plus tard, la porte à sa droite s'ouvrit et Amber Myawayan passa la tête à travers.

— J'ai terminé les dernières tâches dont tu voulais que je m'occupe. Tu as besoin de quelque chose d'autre avant que je rentre chez moi ?

De quoi avait-il besoin ? De la soulever et de sucer le creux de son cou. De sentir son pouls. Ce serait déjà un bon début. D'enrouler ses mains autour de sa taille et de la placer sur la surface de son bureau, après avoir retiré le moindre centimètre de tissu de son corps, et ensuite, de l'allonger pour se délecter de la douceur entre…

Cooper secoua la tête vigoureusement lorsque ses frères entrèrent dans la pièce.

— Rien du tout, merci.

— Alors, je te dis à demain, lança-t-elle en souriant à Alex et James.

Elle slaloma entre eux et traversa la porte, emportant avec elle le cœur de Cooper.

Son ours bondit.

Cooper ramena la bête sous contrôle. *Pas encore.*

Mais tu la veux, grommela son ours.

Patience, gronda Cooper.

Tu sais qu'on déteste être patient, dit franchement son ours. *La patience, ça craint.*

En effet, c'était vrai.

— Attends, Amber. J'ai failli oublier. Envoie un message à Kaylee, hurla James dans son dos lorsqu'il s'installa dans son fauteuil en face de Cooper. Elle veut organiser quelque chose avec toi.

— D'accord, entendirent-ils depuis les escaliers, la voix d'Amber de plus en plus faible.

— J'espère qu'il y en a encore, commenta Alex en désignant la boisson de Cooper.

Il sourit lorsqu'il repéra la bouteille de whisky. Il se dirigea vers elle pour se servir, ainsi que James.

— C'est quelque chose qui me plaît chez toi, Coop. Tu es toujours prêt, surtout pour les choses importantes.

Cooper sourit en remerciement compliment.

— Ça fait partie de mes nombreux talents.

Ses frères cadets levèrent leur verre pour trinquer et prirent tous une longue gorgée.

Alex et James firent immédiatement des sons élogieux, et Cooper dut bien admettre que c'était sacrément satisfaisant.

Il aimait être doué dans ce qu'il faisait, qu'il s'agisse de la gestion de l'entreprise familiale de pierres précieuses ou du choix de bons alcools. Faire un boulot bâclé ne servait à rien.

Cooper Borealis n'était pas du genre à bâcler quoi que ce soit.

— Est-ce que l'un de vous a eu des nouvelles de maman ou papa ces derniers temps ? demanda James.

Ses yeux brillèrent de plaisir lorsqu'il leva les pieds et qu'il se détendit.

Alex secoua la tête.

— Les dernières nouvelles disaient qu'ils avaient prévu de nous appeler par Skype avant la fin de l'année, mais ils se rendaient à un endroit sans connexion Internet. Je ne m'attends pas à ce que l'on reçoive d'autres nouvelles jusqu'au Nouvel An. Ils ne rateraient en aucun cas la fête d'anniversaire de papy, même s'il s'agit juste d'un rendez-vous en ligne.

— Les parents de Kaylee seront encore aux abonnés absents pendant les vacances. Ce qui n'est pas si mal, grimaça James en faisant tourbillonner son whisky dans son verre. J'imagine que ça veut dire que le repas de Noël se fera entre nous cinq, plus Papy et Mamie.

Amber devrait venir aussi, suggéra son ours.

Sa bête intérieure avait ses propres idées. Cooper devait constamment expliquer à son autre moitié comment le monde réel fonctionnait, car son côté ours ne semblait pas comprendre la logique ou la raison, ou tout du moins, pas au-delà d'une certaine limite. Ce n'était pas qu'il soit puéril, non, son côté animal était sacrément intelligent, mais il était... innocent. Ses suggestions n'étaient pas toujours appropriées pour les humains.

Elle ne fait pas partie de la famille, expliqua Cooper en douceur. *Les fêtes sont réservées à la famille.*

Elle fait quasiment partie de la famille, rétorqua la bête. *Elle connaît tout le monde, elle sait tout, et elle est toujours dans les parages.*

Fais-moi confiance, c'est un truc d'humains. Je sais qu'elle est souvent là, mais ça n'en fait pas un membre de la famille. Les fêtes sont uniquement réservées à la famille proche, sauf si on décide tous *du contraire.*

Même si Cooper comptait bien s'assurer qu'Amber fasse un jour partie de la famille, ce moment n'était pas encore venu.

Les règles humaines n'ont aucune logique, commenta son ours sèchement.

Tu ne comprends pas la logique.

La logique n'en a aucune si ça veut dire pas d'Amber.

Bon, Cooper ne pouvait pas s'opposer à un tel argument.

Pendant qu'il avait tenu une discussion avec son ours intérieur, Alex et James avaient continué d'échanger au sujet de leurs plans pour les fêtes de fin d'année. James hocha la tête, puis il mit Cooper au courant :

— Si Mamie et Papy sont d'accord, nous irons tous chez eux pour Noël. Ce n'est pas comme si l'on ne partageait pas des repas ensemble régulièrement. Comme c'est une occasion importante, Alex se chargera de l'échange des cadeaux, et Kaylee a dit qu'elle s'occuperait du repas. On y mettra tous du nôtre pour éviter de refiler tout le boulot à Mamie.

— Nous devons nous occuper d'un autre sujet, déclara Alex.

Ses frères arboraient tous deux une expression sérieuse en se retournant pour étudier Cooper.

— La lettre de Papy disait que nous devions résoudre cela avant la fin de l'année. La fièvre d'accouplement et tout ça, commenta James.

Il réfléchit à ses propos et son visage s'illumina.

— Hé ! Je viens juste de penser à quelque chose. Tu n'avais pas eu la fièvre au début du mois de janvier la dernière fois ? Peut-être que tu ne l'auras pas à nouveau jusque-là, ce qui veut dire que Papy ne pourra pas t'en tenir rigueur, vu qu'il n'a pas lancé son ultimatum avant mars. Il est censé finir les titres de propriété d'ici la fin de *cette* année, non ?

Cooper y avait déjà songé.

— Ça pourrait être une clause valable et je serai prêt, dans tous les cas. Ne vous inquiétez pas, je ne ferai rien qui pourrait compromettre tout ce que vous avez accompli, tous les deux.

Il avait beau avoir ses propres projets et espoirs, leur grand-père, qui réclamait qu'ils s'abandonnent tous les trois à la fièvre d'accouplement cette année sous peine de perdre le contrôle de l'entreprise familiale, avait forcé la main à Cooper. Sa liste de « comment se caser de la façon la plus avantageuse et agréable » avait passé la cinquième vitesse plus tôt qu'il ne l'aurait voulu.

Alex avait essayé de maîtriser le sort en choisissant la pire compagne possible lorsqu'il avait été touché par la fièvre. James avait choisi la sienne : sa meilleure amie. Cooper ressemblait davantage à son plus jeune frère, et il avait également quelqu'un en tête. Elle serait parfaite...

... dans à peu près cinq ans. Ils avaient bien trop de travail à faire avant que Cooper puisse passer à l'action et faire tomber Amber dans ses bras.

Avait-il envie d'elle ? Bien sûr que oui. Être son patron n'était que le cadet de leurs soucis.

Il avait passé en revue *tous* les obstacles, bien entendu. Il les avait définis et délimités dans sa liste des « barrières à un possible bonheur en accouplement ».

Heureusement, après avoir fait face à la fièvre d'accouplement au cours des dix dernières années, Cooper était un peu plus prêt à affronter la fièvre *tout en* respectant la promesse qu'il avait faite à ses frères quant à l'ultimatum lancé par leur grand-père.

La page dans son carnet dédiée à ce sujet s'intitulait « survivre à la fièvre sans merder ».

Donner un titre à ses listes n'était pas toujours évident, la vérité toute simple était ce qui convenait souvent le mieux.

Il avait beau apprécier passer du temps avec ses frères, Cooper savait qu'il existait un million de raisons pour lesquelles ceci pouvait mal tourner. En revanche, s'il faisait très, très, attention et qu'il était réellement déterminé, il parviendrait à les tirer du mois à venir ou plus, lui et Amber, sans que leurs vies ne s'effondrent.

Une fois que la propriété des Joyaux Borealis serait établie en toute sécurité et qu'il aurait tenu parole envers ses frères... Une fois que la fièvre serait passée, et que les *autres* barrières entre lui et Amber n'existeraient plus...

Alors, il lui courrait après avec une détermination farouche. Une détermination d'ours polaire.

Quelque chose le frappa sur la main. Il cligna des yeux et revint à lui. Alex le surplombait. Celui-ci tapait une liasse de papiers contre sa main.

Cooper l'ouvrit et y trouva une liste de protocoles de sécurité qu'Alex avait mis en place pour les événements à venir pendant les fêtes. Une liste identique se trouvait déjà sur son bureau principal où Amber, toujours aussi efficace, l'avait déposée plus tôt dans l'après-midi.

— Qu'est-ce que c'est ?

— Tu as appelé et demandé à faire le point, répondit Alex qui se rassit en fronçant les sourcils. Tu passes en mode hibernation, frérot ? Tu n'es pas une lumière, en ce moment.

James ouvrit grand les yeux et se pencha en avant, sa voix trahissant son excitation :

— C'est la fièvre ?

— Non, ce n'est pas cette foutue fièvre, et on n'hiberne pas. Espèces d'imbéciles.

Cooper mit les papiers en boule et les jeta à la poubelle. Il secoua la tête lorsqu'ils rebondirent sur le rebord et qu'ils atterrirent au sol dans un tas froissé.

— Tu as besoin de travailler ton jeu, Coop, le taquina James.

— Mon jeu se porte très bien.

Ce serait bientôt le cas. Cooper s'en assurerait. Dans tous les sens.

Pour l'instant, l'heure était à la patience et à la logique. Par-dessus tout, il devait s'assurer de ne pas se retrouver seul avec l'exquise Amber Myawayan.

Jeu ? Tu veux jouer à un jeu ? demanda son ours intérieur d'une voix traînante.

Ne t'en mêle pas, le prévint Cooper.

Je n'oserais pas m'en mêler. Les jeux pour humains sont pour les humains. Je m'en tiendrai à ce que les ours font le mieux.

Il était hors de question qu'il réponde à cela. Il n'avait pas envie de connaître les méfaits que sa bête prévoyait d'accomplir. Il n'y avait qu'une réponse possible à cet instant.

Cooper inclina son verre rempli de whisky et le but cul sec.

2

———

L'obscurité s'était couchée sur les terres, nichée dans les vallées et les arbres, telle une couverture chaude. L'air nocturne de l'hiver était vif et clair, et de la neige recouvrait le sol en d'épaisses couches. Au-dessus de leurs têtes, les lumières du nord dansaient. Leur lumière éclatante offrait à la soirée une certaine douceur et une véritable magie.

Amber accepterait toute la magie qu'elle pourrait obtenir si cela l'aidait à atteindre ses rêves.

— Désolée d'être arrivée en retard, s'excusa pour la énième fois Kim, la femme à côté d'elle.

Amber, qui était au volant de l'énorme 4x4 de l'entreprise, en route vers leur destination, balaya ses excuses de la main une nouvelle fois et s'autorisa à partager son amusement.

— Ce n'est pas un souci, insista-t-elle. J'adore observer les aurores boréales, et vous conduire me facilite la tâche pour justifier mon absence au bureau demain matin, vu que j'ai travaillé tard ce soir.

Kim rit discrètement.

— Je suis simplement heureuse de ne pas rater...

Devant elles, l'ensemble du ciel nocturne s'était éclairé.

Les mots de la femme s'effacèrent dans un doux soupir d'émerveillement. Ses paumes étaient fermement appuyées contre ses genoux lorsqu'elle se pencha en avant. Son regard était fixé sur les lumières qui changeaient constamment. Sa mâchoire était grand ouverte sous le coup de la stupéfaction.

Amber connaissait bien cette sensation. Elle dut se concentrer pour garder le regard sur la route, car les aurores boréales constituaient l'un des plus grands miracles dont elle était témoin.

Elle se gara sur le parking, sur la place réservée aux propriétaires et employés des Joyaux Borealis.

— Allons vous réunir avec votre époux. Il sera ravi que vous ayez pu venir.

Le froid hivernal les enveloppa lors du court chemin effectué vers la cabane chauffée et confortable. De faibles lumières installées au niveau du sol éclairaient la neige. La porte arrière du superbe bâtiment était éclairée par deux lampes qui rayonnaient faiblement. La construction conservait l'intérieur du bâtiment dans le noir, du sol au plafond. L'obscurité créait une galerie panoramique merveilleuse pour ceux pour qui être dehors était trop éprouvant.

— C'est par là que nous allons, indiqua Amber.

Ce n'était pas là que la vraie visite commençait, et elle ne s'attendait pas à ce que le mari de Kim l'attende sous le toit.

Un groupe de métamorphes venu observer les aurores boréales se trouvait dehors.

Amber tourna à l'angle et *le* repéra. Cooper, l'objet de tous ses désirs et fantasmes. Grand et fort, avec des bras d'acier qui l'avaient poussée à déplacer son bureau pour avoir un meilleur angle de vue. Elle passait ses journées à observer discrètement le moment où il se perdrait dans ses tâches, où il retrousserait ses manches sans y réfléchir et où il dévoilerait ses fameux bras.

Un soupir lui échappa sans qu'elle puisse le retenir.

Cet homme était merveilleux. De ses cheveux noirs aux pointes argentées à ses jambes musclées. Ses vêtements luxueux étaient faits sur mesure pour son corps élancé, c'était un bel homme.

Mais ces *bras*... oh, ces avant-bras si sexy avec ses poils aux reflets argentés à la lumière. Est-ce que ce détail trahissait son côté animal ?

Elle n'avait pas eu de nombreuses opportunités de passer du temps en tête-à-tête avec le côté sauvage de beaucoup de métamorphes, bien qu'elle soit très proche de Kaylee, un lynx métamorphe.

Elle avait *envie* d'avoir du temps pour mieux connaître Cooper. Ses deux côtés : celui l'homme, et l'ours.

Si seulement elle parvenait à ce qu'il la voie vraiment, avant qu'elle soit obligée de griffonner « toutes les qualités d'Amber » dans un de ses foutus carnets.

Attention, elle n'avait jamais jeté un œil à ses journaux intimes. Elle avait été tentée de le faire, et pas qu'un peu, mais certaines choses ne se faisaient tout simplement pas. Peut-être une fois qu'ils auraient été ensemble quelques années, ou de nombreuses années.

Eh oui, elle comptait bien en arriver là. La seule raison pour laquelle elle connaissait son habitude des « pensées importantes qui méritent des lettres majuscules », c'était parce qu'il le faisait tout le temps pour le travail. Il n'était pas du genre à changer de méthode en cours de route, surtout si elle fonctionnait bien.

Elle prit son courage à deux mains et s'avança, Kim suivant le rythme. La femme était encore fascinée par le spectacle de lumière naturelle, mais son regard quitta le ciel pour se poser sur la zone devant elles.

— Madame Wayne. Je suis si heureux que vous ayez pu venir, dit Cooper poliment.

Il avait adopté ce ton intense qui donnait l'impression à l'interlocuteur d'être la seule personne sur la surface de la Terre.

Ou, songea Amber, peut-être était-ce sa foutue obsession envers cet homme qui lui faisait se dire ça.

— Amber a eu l'obligeance de venir me chercher après que j'aie raté le premier van, expliqua Kim en tournant la tête vers Amber, un sourire reconnaissant aux lèvres.

Elle se retourna vers Cooper.

— Sauriez-vous où est Bruce ? J'ai une surprise pour lui.

— Lui et le reste de l'équipe viennent juste de passer derrière le bâtiment pour plus de confort.

Kim agita les doigts en direction d'Amber et se dirigea avec impatience vers son groupe.

Puis, ils se retrouvèrent tous les deux. Amber et Cooper, côte à côte, près de la cabane chauffée face à un spectacle de la nature saisissant qui étincelait dans le ciel, avec leur propre poste d'observation privé.

Elle lui offrit son plus beau sourire.

— Ça a tout l'air d'une soirée spectaculaire.

Cooper joignit les mains dans son dos et tourna le regard vers le ciel. Les lumières dansantes se reflétèrent dans ses yeux et les transformèrent en véritables kaléidoscopes.

— Il n'y a jamais de mauvaise soirée quand on contemple les aurores boréales.

— C'est vrai, confirma-t-elle en se rapprochant un peu.

Elle ajusta son manteau sur ses épaules pour se donner une contenance dans le froid de novembre.

— Tout est encore mieux avec les bonnes personnes.

Pendant une seconde, elle crut qu'ils y étaient rendus, au moment dont elle avait rêvé. La respiration de Cooper s'accéléra et il se pencha en avant. Peut-être allait-il admettre que lui et elle, ensemble, étaient les *bonnes personnes* ?

Amber aurait pu jurer qu'au cours des deux années précédentes, elle n'avait pas été la seule à vouloir aller plus loin dans leur relation. Oui, elle travaillait pour lui, riait à ses blagues cocasses et admirait son éthique. Ce fut surtout sa façon de se préoccuper de sa famille qui avait été l'élément déclencheur. Deux ans, ça voulait dire qu'elle avait énormément appris de cet homme et qu'elle l'admirait en long, en large et en travers. C'était une personne pour qui elle pouvait développer de véritables sentiments...

Elle n'avait pas besoin d'être diplomate. Cooper était *très exactement* le genre d'homme dont elle voulait tomber amoureuse. En fait, elle en était déjà à moitié amoureuse, ou plus.

Elle était certaine qu'il avait le même intérêt pour elle, mais réussir à faire admettre quelque chose à ce gros ours grognon, c'était comme expliquer à quelqu'un comment fixer ses raquettes dans le noir.

C'était peu commode et pas très prometteur.

— Les bonnes personnes ? Tout à fait.

Il leva le bras et étudia sa montre un instant. Il tapa un court message et retourna à sa position de statue.

— Nous avons de bons amis et de la famille proches ici dans le nord, continua-t-il. Je sais que nos invités apprécient de vivre cette expérience ensemble.

Elle fut tentée de lui grogner après. Ce n'était pas du tout ce qu'elle avait voulu dire.

Un halo de lumière spectaculaire explosa dans le ciel et ils se turent. Elle avait beau avoir un programme chargé, certains moments ne devaient être interrompus par personne.

Cinq minutes plus tard, ils gardaient toujours le silence. Amber venait juste de décider qu'il était temps d'adopter une autre approche lorsqu'elle aperçut quelque chose de tout à fait étrange à l'angle du bâtiment. Elle eut besoin d'une seconde pour deviner ce qui, ou plutôt *qui*, se trouvait là. C'était Kim. La blonde aux jambes interminables se précipita sur l'étendue enneigée, pieds nus, ses longs cheveux dans son sillage, comme un étendard.

Elle n'était pas nue, cela aurait été moins étonnant. Non, elle portait un bikini qui reflétait, d'une façon ou d'une autre, les lumières qui apparaissaient dans le ciel du nord. Des tons bleus et verts flottaient sur ses seins, et un trait violet fluo glissa sur ses hanches et entre ses jambes, comme si les aurores boréales au-dessus d'eux étaient venues s'enrouler autour de la poitrine de Kim pour l'embrasser.

— Qu'est-ce que... ? commença Cooper avant que ses mots s'envolent.

La femme courut, et son rire mélodieux fut porté par les airs lorsqu'elle jeta un regard par-dessus son épaule. Un ours imposant était sur ses talons. Il n'avait pas l'air déterminé à se battre pour son territoire. L'ours immense se pavanait et n'adoptait pas une allure menaçante. Il sautilla à plusieurs reprises comme un kangourou avant de changer de cap et de guider Kim vers les arbres.

Amber frissonna. Il était impossible de ne pas réagir. Elle savait très bien ce qui se passerait lorsque Bruce l'attraperait. Les métamorphes étaient des créatures vigoureuses, et il n'y avait aucun besoin de se retenir entre compagnons.

Sans parler des *humains* qui disparaissaient souvent dans des endroits à moitié privés pour des séances de sexe sous les aurores boréales scintillantes. Les rumeurs de la magie offerte par ces lumières étaient communes à de nombreuses cultures nordiques. Les histoires avaient été partagées à travers le monde entier jusqu'à se retrouver à mi-chemin entre légende et réalité. Elles étaient impossibles à ignorer.

La prospérité magique suffisait aux couples les plus réservés pour envisager un peu de bon temps en plein air.

Le rythme cardiaque d'Amber passa à la vitesse supérieure. Du sexe. En plein air. Avec Cooper.

Oui. Oui, *oui*.

Son pouls s'accéléra davantage lorsque la main de Cooper pressa son épaule et qu'il l'attira contre lui. Oh mon Dieu, allait-il enfin...

Il la tapota délicatement, comme pour apaiser un enfant effrayé.

— Tout va bien, assura-t-il. Ce sont des métamorphes. Elle n'a pas froid. Bruce ne va pas lui faire de mal.

— Je le sais.

Elle se laissa aller contre son flanc et leva les yeux. S'il vous plaît, faites qu'il soit capable de déchiffrer dans son regard ce qu'elle avait tant de mal à prononcer. *J'aimerais tant me rouler dans la neige sous les aurores boréales avec toi.*

Il étudia son visage et son regard s'arrêta une seconde sur sa bouche. À cet instant, ses rêves furent sur le point de se réaliser...

Il lui tapota le nez, puis il leva le regard par-dessus son épaule.

— Hé, regarde un peu qui vient là.

Elle cligna des yeux face au changement soudain. Son esprit était encore voilé par le désir et complètement perdu. Elle suivit le regard de Cooper et se retourna. Elle découvrit une troupe qu'elle connaissait bien en train de traverser la neige dans leur direction. Sa meilleure amie Kaylee et son compagnon, James. Et l'autre frère de Cooper, Alex, ainsi que sa compagne louve, Lara.

Kaylee, émerveillée, avait le regard levé vers le ciel. James la guidait.

— Wow, Cooper, tu avais raison. C'est une soirée spectaculaire. Merci de nous avoir envoyé un message pour nous prévenir.

Voilà donc ce qu'il avait écrit sur sa montre. Il avait appelé sa famille. C'était quelque chose qu'elle aimait chez lui, combien sa famille comptait à ses yeux.

C'était frustrant lorsqu'ils entravaient ses plans, cependant.

— Salut, les gars, lança Amber avec enthousiasme.

Une autre opportunité venait de lui échapper.

Kaylee enroula un bras autour d'Amber et la serra fort dans ses bras avant de glisser sur le côté et d'offrir à James un tel baiser que le reste du groupe siffla.

— Désolée pour le bécotage, dit gentiment l'amie d'Amber avec le sourire. C'est juste qu'il y a quelque chose qui m'émoustille et qui m'anime dans les soirées aussi spectaculaires.

Un ricanement échappa à Alex. Lui et Lara venaient juste de terminer leurs messes basses. Ils échangèrent un sourire. Avec son ouïe de loup surdéveloppée, Lara devait certainement savoir très exactement ce qui se passait au beau milieu des arbres.

— Se sentir *émoustillé* semble commun aux visiteurs du soir. Qu'est-ce qui se passe, frérot ? demanda Alex à Cooper. Tu as ramené un groupe de naturalistes ?

Amber jeta un coup d'œil vers le pré, mais Cooper se dressa sur son chemin et cacha les éventuels ébats.

— Juste un groupe qui est de bonne humeur. Allez, les gars. Il fait trop froid ici pour Amber. J'ai une bonne bouteille qui nous attend dans la cabane.

Les acclamations qui suivirent signifiaient qu'il était inutile qu'Amber explique qu'elle n'avait pas vraiment froid. Tout comme il était inutile qu'elle explique que si ça avait été le cas, elle aurait souhaité être réchauffée dans les bras de Cooper.

Mais elle sourit et suivit le mouvement. Elle rejoignit ses amis qui observaient le spectacle tout en préparant son nouveau plan d'attaque.

Avant la fin de l'année, elle et Cooper allaient avoir une « discussion très importante et franche ». Peut-être était-il temps d'appeler les renforts qu'on lui avait promis pour que cela se produise.

D'une façon ou d'une autre, elle devrait affronter sa peur et coincer son ours. Elle ne voulait plus perdre un instant.

3

———

Choses À Faire Avant De Succomber À La Fièvre
D'Accouplement
• revoir les prévisions du deuxième trimestre de l'année
prochaine
• acheter une chaîne et des menottes dignes d'Alex
• message de fin d'année aux actionnaires
• rendez-vous avec le département de recherche et
développement
• éviter à tout prix de me retrouver seul avec Amber

— Ça va être vraiment difficile de gagner ce truc si tu gardes le nez plongé dans ce carnet, marmonna James.

— Ça va être vraiment difficile de gagner alors que vous êtes face à la crème de la crème, répondit immédiatement Alex quelques mètres plus loin.

Un chœur d'encouragements et de sifflements s'éleva de

la foule derrière lui — une fine équipe de loups de la meute Orion.

Lara leva les yeux au ciel et les fusilla du regard par-dessus son épaule.

— Les enfants, tenez-vous bien.

— Mais on *va* gagner, lança malicieusement l'un d'eux.

Le jeune homme dégingandé, Dixon, remit en place son bonnet *Où est Charlie ?* pour que le pompon rouge au sommet reste coincé bien en haut. Ses dents blanches contrastaient avec sa peau hâlée.

— Bien sûr que oui, Dix, confirma Lara. Mais tu n'as pas besoin de t'en vanter.

— Pas encore, répondit Alex en évitant la boule de neige que James venait de lui lancer.

Son expression consternée disparut derrière une tache blanche. Lorsqu'il rouvrit les yeux, il lança un sourire diabolique à sa belle-sœur.

— C'est parti, ma belle.

Ce fut le chaos. Un chaos absolu et merveilleux, qui avait un délicieux goût de famille et qui vint tourbillonner autour de Cooper. Il coinça son carnet dans la poche de son manteau et fit glisser la fermeture éclair pour pouvoir se consacrer entièrement aux festivités de l'après-midi.

À midi, le soleil était aussi haut qu'il pouvait l'être en cette journée du début de mois de décembre. La cour du lycée baignait dans une lumière froide dans le coin où ils s'étaient réunis pour l'événement du jour.

Chaque année, une compétition de sculpture sur glace très pointue se tenait à Yellowknife. Des participants du monde entier s'y inscrivaient. Les sculptures étaient de véritables miracles faits de glace et de neige.

Deux ans plus tôt, une version spécialement réservée à la

communauté avait été créée pour les élèves du lycée. Elle se tenait quelques mois avant l'événement officiel et représentait pour les jeunes à la fois un bon moyen de dépenser leur énergie avant les vacances et un peu de bon temps.

Ça avait été l'idée d'Amber, évidemment.

Les équipes qui sponsorisaient l'événement étaient les Joyaux Borealis et Minuit Inc. Un groupe de représentants de chaque entreprise se joignait aux élèves pour les aider à transformer la glace scintillante en œuvres d'art. C'était juste pour s'amuser. Les prix étaient de l'argent distribué aux différents clubs d'art et de sport de l'établissement qui avaient besoin d'une injection de fonds.

Tout le monde y participait et apprenait de nouvelles compétences. Lorsque le soleil se couchait et que la compétition touchait à sa fin, ils mangeaient des pizzas. Énormément de pizzas et des chips et des cochonneries. C'était exactement le genre de fête qui s'y prêtait.

Grand-père Giles tapa des mains et fit signe aux retardataires qui se trouvaient dans les coins du terrain d'approcher.

Il observa les visages impatients. Après avoir évité une boule de neige et jeté un regard d'avertissement à Alex, il haussa la voix bien plus fort que ce qu'un vieil homme de quatre-vingt-quatre ans aurait normalement pu faire. Cet homme n'était pas du tout chétif. Son dos était encore droit et ses yeux vifs. Seul le blanc argenté dans ses cheveux et sa barbe trahissait son âge.

— Nous sommes ravis de tous vous avoir parmi nous aujourd'hui. Je ne vais pas perdre beaucoup de temps à blablater. Les règles sont simples : tout le monde a reçu un bloc de glace et a été placé dans une équipe de deux ou plus. Tout le monde doit participer à la création de votre chef-d'œuvre. Si quelqu'un a besoin d'un outil électrique ou en souhaitait un, il n'aura qu'à crier. L'un des sponsors de votre équipe viendra voir ce qu'il peut faire, expliqua-t-il.

Il offrit à Mamie Laureen un sourire qu'il accompagna d'un clin d'œil malicieux.

— Ma charmante femme et moi-même serons les juges finaux. Vous avez trois heures. Amusez-vous bien.

Un sursaut d'énergie enflamma le terrain enneigé lorsque les adolescents se ruèrent à l'extérieur. Des groupes de deux ou trois se rassemblèrent autour des blocs de glace imposants qui y avaient été installés. Certains se trouvaient sur des tables, et d'autres, sur pied, étaient aussi grands que Cooper.

— Vous feriez bien de vous y mettre, se moqua Alex. Plus tôt vous commencerez, plus vite je pourrai vous mettre la pâtée.

— Il est terriblement arrogant, remarqua James.

Ce dernier tenait sa compagne entre ses bras. Celle-ci enfila une paire de mitaines duveteuses et épaisses.

— C'est bien ce que j'ai remarqué chez ton frère, confirma Kaylee sèchement. C'est l'un des dangers de la vie dans la maison de la meute. Il se comporte chaque seconde un peu plus comme un loup.

Cooper les dirigea vers un groupe de trois adolescents qui agitaient déjà les mains en l'air. Alex et Lara étaient partis dans la direction opposée, main dans la main, et rejoignaient les loups qui travaillaient avec les équipes qu'on leur avait affectées.

— Il est temps de te mettre au boulot aussi, lui dit Grand-père Giles en installant sa grand-mère sur l'une des deux chaises trônant sur une sorte de podium royal.

Il s'empara de l'autre trône avant de continuer :

— Je déteste avoir à l'admettre, mais l'équipe de Minuit Inc. dispose d'artistes talentueux. Les Joyaux Borealis vont devoir faire une belle prestation, ou ta grand-mère et moi n'aurons pas d'autre choix que de remettre tous les prix à nos rivaux.

Cooper ignora le vieillard un instant et se retourna plutôt pour interroger Mamie Laureen du regard :

— Je croyais que tu allais être ma partenaire.

Elle soupira bruyamment.

— Mon arthrite fait des siennes. J'ai donc accepté de jouer les juges. Ne t'inquiète pas, je t'ai trouvé une remplaçante. Elle sera bientôt là.

Un sentiment de malaise noua l'estomac de Cooper.

— Elle ?

La réponse arriva à cet instant. Amber sortit de derrière la clôture et se dirigea tout droit vers eux.

Il y avait tant de raisons pour lesquelles ceci n'allait pas du tout.

— Mamie, la réprimanda légèrement Cooper. Les outils de sculpture sont dangereux quand on ne sait pas les utiliser.

Sa grand-mère haussa un sourcil parfait et le fixa sans trembler du regard. C'était habituellement son grand-père qui tenait Cooper à carreau, mais il était très clair que Mamie Laureen ne voudrait rien savoir de ses bêtises cette fois.

— Je ne pense pas que tu aies à te soucier de quoi que ce soit, dit-elle en faisant la moue.

— C'est juste que...

— Fais-moi confiance, Cooper, répondit sa grand-mère avec douceur. Et sois poli. Elle a renoncé à son jour de repos pour me remplacer.

Amber les salua de la main, son autre main occupée par une mallette de transport.

— Bonjour. Je suis venue aussi vite que possible.

— Ils viennent juste de commencer, la rassura Grand-père Giles.

Ce dernier se tourna vers sa femme et parla à voix basse. Son regard était déterminé, comme s'ils discutaient de quelque chose d'une importance capitale et qu'ils ne devaient pas être interrompus.

Cooper jeta un regard à Amber. Le carnet dans sa poche lui envoya un signal d'alarme. La liste qu'il venait de revoir spécifiait que se retrouver seul avec elle à n'importe quel titre était dangereux.

La dernière fois où ils avaient été en partie seuls, elle avait tremblé de peur face à un petit étalage sexuel entre métamorphes. Que se passerait-il lorsqu'il ferait enfin le premier pas ? Partirait-elle en courant ? Et pas pour jouer, bien sûr...

Le sourire d'Amber s'effaça et il se rendit compte qu'il l'avait dévisagée sans faire un geste pendant que ses pensées le travaillaient.

— Quelque chose ne va pas ? demanda-t-elle discrètement.

Il n'avait pas d'autre choix que de faire semblant que tout allait bien. Ils étaient dans un espace public, et ils portaient cinq couches de vêtements. C'était le cas d'Amber, dans tous les cas. Bien sûr qu'ils pouvaient passer du temps ensemble sans qu'il s'abandonne aux besoins animaux qui continuaient de grandir en lui.

Hé. N'oublie pas que tu as un animal en toi. Tu ne penses pas que c'est un peu cliché ce que tu viens de dire ?

Cooper eut envie de se cogner la tête contre le mur le plus proche, mais il n'y en avait aucun.

Ne commence pas à m'embêter aujourd'hui.

Tu as besoin d'apprendre à te détendre, le nargua son ours. Les animaux sont doués pour se détendre. Peut-être que si tu câlinais une jolie petite chose qui sent divinement bon...

Il n'était pas facile de prendre le contrôle sur son ours et de se forcer à sourire, mais il le fit afin de pouvoir répondre à Amber sans grogner. Ou lui sauter dessus. Lui sauter dessus, ce serait une vraie catastrophe.

On a une opinion différente à ce sujet, marmonna son ours intérieur une demi-seconde avant de partir en coup de vent.

Souris. Concentre-toi sur ton sourire.

— Le changement de plan m'a pris au dépourvu un instant, mais c'est bon maintenant.

Elle l'examinait encore avec un certain malaise. Il se concentra donc sur tout ce qu'elle faisait et qui lui facilitait la vie plutôt que de songer à combien il avait hâte de pouvoir partager avec elle ses autres sentiments plus tard. Il devait être parvenu à adopter une expression véritablement chaleureuse, car les inquiétudes sur le visage d'Amber disparurent.

Elle acquiesça vivement.

— Allez, allons voir qui a besoin d'aide.

Autour d'eux, les élèves enfilaient des équipements de sécurité et se lançaient dans leurs projets. De nouvelles formes apparaissaient à mesure que les bords des blocs étaient découpés. Des copeaux de glace tournoyaient dans de minuscules tempêtes de neige. Ils ne disposaient que de trois heures et personne ne pourrait rien terminer. Ils le savaient tous.

La créativité et l'audace seraient récompensées.

Cooper s'arrêta à côté d'une table où trois filles avaient transformé leur bloc en un objet triangulaire, avec une grosse protubérance sur un côté. Deux des filles grimaçaient et la troisième parlait rapidement. Elle bougeait les mains afin d'essayer de décrire ce qu'elle envisageait pour la suite.

L'une des deux filles secoua la tête et se retourna vers Cooper et Amber.

— Elle n'a pas tort, mais je ne vois pas comment nous pouvons faire sans abîmer tout le morceau de glace.

Cooper hésita. Il n'était pas certain de savoir comment les aider à réaliser leur projet.

Amber posa la boîte qu'elle transportait sur la table près d'eux et écouta attentivement la troisième fille qui tentait de s'expliquer à nouveau.

— Je vois le problème.

Elle ouvrit la boîte et en sortit ce qui ressemblait beaucoup à un couteau électrique. C'en était un, et il semblait remarquablement puissant. Elle appuya sur le bouton et se dirigea rapidement vers l'avant du triangle.

Quelques découpes plus tard, les filles hochaient la tête et leurs voix s'élevaient, enthousiastes.

Amber éteignit l'outil et leur montra ce sur quoi elles devraient travailler.

— Maintenant que je vous ai aidées à vous y mettre, continuez.

À la place d'un triangle approximatif, la silhouette reconnaissable d'un collier reposait contre le présentoir. Un projet tout à fait adapté à une compétition sponsorisée par deux entreprises de diamants.

Les filles s'empressèrent de continuer leur travail. Leurs petits outils tintaient contre la glace pendant qu'elles babillaient comme une assemblée d'écureuils en train de faire son stock de noix.

Amber flânait à côté de lui en direction du prochain poste de travail, un sourire satisfait sur le visage.

— J'ignorais que tu étais capable de faire ça, s'étonna Cooper.

Elle leva le regard vers lui.

— J'ai de nombreux talents.

— *Ça*, je le savais déjà. Et heureusement pour elles, répondit-il d'un ton sec et légèrement taquin.

Le visage d'Amber s'illumina et provoqua en lui des frissons.

Bon sang, c'était si injuste. Il *voulait* faire des choses qui rendaient Amber heureuse. Il voulait donner cette expression à son visage chaque jour, mais il ne le pouvait pas. Pas encore.

Ils continuèrent à marcher.

— Je me suis rendue à pas mal d'événements de sculpture sur glace avec l'une de mes familles d'accueil. Maman n'était pas une mauvaise artiste et elle avait toujours envie de tester de nouvelles choses. Mason et moi avons beaucoup appris avec elle.

— Mason, ton frère ? demanda-t-il.

Il avait entendu des bribes de cette histoire, mais ça ne ferait pas de mal d'obtenir davantage de détails.

Amber hocha la tête, mais avant qu'elle puisse dire quoi que ce soit d'autre, un groupe de quatre élèves les appela à l'aide. Ils étaient en train de créer un inukshuk avec leur bloc de glace. La structure en forme d'homme s'était mise à pencher légèrement lorsqu'un l'un d'eux avait retiré un morceau trop grand de l'un des côtés.

Cooper tendit une main pour aider à garder l'immense morceau de glace en équilibre et Amber se précipita en avant en même temps. Il se retrouva à flanquer son corps de ses deux bras.

Elle était coincée en dessous, appuyée contre la glace. Appuyée contre l'avant de son corps. Il relâcha la pression sur-le-champ et essaya de s'éloigner d'elle, mais un grand craquement retentit et un autre fragment de glace s'effondra.

L'ensemble de la sculpture pencha dangereusement vers eux, à deux doigts de basculer et de les écraser sous son poids énorme.

4

---

*A*mber avait rêvé de se retrouver coincée sous le corps sexy de Cooper à maintes reprises, mais en toute honnêteté, ses fantasmes n'avaient jamais impliqué un immense bloc de glace.

Une seconde plus tard, ses bras se tendirent et il grogna un ordre pressant :

— Dès qu'il y aura assez d'espace, file de là.

Dans un effort herculéen, Cooper remit à la verticale le bloc de glace. La pression se relâcha suffisamment pour qu'elle puisse se mettre à l'abri. Amber se retourna tout de même pour vérifier que personne d'autre ne se trouvait dans la zone de danger.

D'autres gens étaient venus à la rescousse et, finalement, la glace fut placée de manière stable et sûre au sol.

— On peut oublier cette idée, se plaignit l'un des adolescents.

Il donna un coup de pied dans la sculpture méconnaissable.

— On trouvera quelque chose d'autre, l'encouragea la fille à côté de lui.

Elle lui donna une tape dans le dos et lui présenta rapidement d'autres possibilités.

Amber et Cooper attendirent un moment, mais ils n'avaient visiblement plus besoin d'eux. Elle se tourna donc vers le grand ours métamorphe et l'observa attentivement pour s'assurer qu'il n'avait pas été blessé.

Elle épousseta la poudre de glace qui était restée sur son bras.

— Merci de t'être assuré que je ne finisse pas écrasée.

— Je ne pensais pas que cette activité serait si dangereuse, observa Cooper. À part les couteaux. Pour le coup, je savais que ces derniers pouvaient causer des ennuis.

— Et les tronçonneuses. Mais ne t'inquiète pas, je suis parfaitement capable de m'en servir également.

Elle jeta un regard à l'ensemble du terrain pour voir si quelqu'un cherchait à attirer leur attention.

— La seule chose que je semble incapable de faire, c'est de jongler avec d'immenses blocs de glace, ajouta-t-elle.

— Je promets de jongler avec tous les blocs de glace qu'il faudra, répondit Cooper en riant. Dis-m'en plus au sujet de ta mère adoptive. J'imagine que c'est elle qui t'a appris à utiliser une tronçonneuse et un couteau électrique.

— Elle et notre père. C'était la meilleure famille dans laquelle nous avons été placés. Mason et moi, nous avions cinq et six ans lorsque nos parents biologiques sont décédés. Nous étions déjà adolescents et nous avions été placés une douzaine de fois lorsque nous sommes arrivés chez les Jordan. C'est l'étape durant laquelle la plupart des enfants placés ne vivent avec leur famille d'accueil que pendant une courte période et où ils s'en vont dès qu'ils sont en âge de le faire. Les Jordan étaient différents. Ils avaient vraiment envie de nous avoir avec eux, et le quotidien est devenu éducatif en soi.

Elle le suivit vers l'un des bancs placés au milieu du terrain afin de pouvoir facilement observer la scène.

— Nous vivions dans un chalet plutôt isolé dans le nord de l'Ontario, et tout y était hors réseau. Nous avions notre propre potager.

Les grands yeux bleus de Cooper s'agrandirent de curiosité. Il l'étudia attentivement.

— Je l'ignorais.

Elle haussa les épaules.

— Je ne parle pas beaucoup d'eux. Kaylee connaît l'histoire, mais ça a surtout été Mason et moi, d'aussi loin que je me souvienne. Les Jordan étaient incroyables, après une longue série de familles pas si géniales que ça. Ils étaient ce qui s'apparentait le plus à une famille. Ils ont disparu il y a environ quatre ans lorsque leur planeur ultraléger s'est écrasé quelque part dans le nord.

L'expression de Cooper s'éclaira. Soudain, il comprit.

— C'est pour *ça* que ton frère est venu dans le nord il y a environ deux ans ! Il cherchait à comprendre ce qui leur était arrivé.

Amber acquiesça.

— Leur avion écrasé a été retrouvé, mais il n'y avait aucun signe de mes parents. La disparition de Mason un peu plus tard également a rendu les choses bien plus difficiles.

Quelqu'un les appela à cet instant et Cooper se leva. Il tendit le bras à Amber pour l'aider à se relever.

Cet instant de contact avait semblé si réel. Chaleureux et connecté. C'était une illusion, cependant.

Amber le savait au plus profond d'elle-même. Elle avait

beau admirer ce grand ours, elle ne pouvait ignorer la vérité à propos de leur relation.

Être avec lui aujourd'hui qu'il l'écoute en tant qu'amie plutôt qu'employée, ce n'était qu'un début. Ils étaient encore loin du compte.

Passer du temps avec lui en ce moment, ce devait être la priorité.

Elle fit glisser son regard sur le terrain, là où James chassait Kaylee sur la neige. Ils tombèrent dans les bras l'un de l'autre.

Lara avait un groupe de loups qui la suivait en permanence. Ceux qui avaient besoin de rester près de leur alpha pour se sentir en sécurité. Alex n'était pas loin de là. Il aidait Dixon et un groupe de garçons à soulever un grand triangle sur une plateforme ronde. Mais même en travaillant avec les autres, le regard d'Alex revenait à Lara. Ils échangèrent un clin d'œil et un sourire qui fit battre le cœur d'Amber.

Des compagnons. Des compagnons dictés par le *sort*. Ils s'étaient trouvés cette année, car le patriarche des Joyaux Borealis leur avait forcé la main. Les garçons n'avaient même pas essayé de garder secret le pacte de la fièvre d'accouplement auprès de leurs compagnes. Autant dire qu'Amber était au courant de tout ce que Kaylee et Lara savaient.

La jeune femme jeta un regard à Cooper. Elle était prête à parier qu'il avait un tour dans son sac pour s'occuper de l'ultimatum, mais, et si...

Et s'il s'abandonnait à la fièvre d'accouplement avec une autre ? En passant outre le fait que l'imaginer coucher avec quelqu'un d'autre la rendrait furieuse, et si une semaine en compagnie d'une autre marquait le début d'une vraie relation, comme ça avait était le cas pour Alex et

Lara ?

Amber ne souhaitait pas le voir tomber amoureux d'une autre. Pas parce qu'elle ne souhaitait pas son bonheur, mais plutôt parce qu'elle était certaine de *pouvoir* le rendre heureux.

Cooper et Amber parcoururent le champ et rejoignirent Alex qui agitait le bras pour attirer leur attention.

— Je me demande quelles insultes il a proférées au cours des trente dernières minutes.

Amber ricana.

— Ton frère est un vrai compétiteur.

— Moi aussi, répondit Cooper d'un ton modéré. Seulement, je ne ressens pas le besoin de montrer ma supériorité à tout bout de champ.

— Bien entendu. On n'a pas besoin d'étaler ses qualités quand on sait qu'on les a.

Il explosa de rire. Les autres jetèrent un regard dans leur direction, mais Cooper les ignora et lui sourit, à la fois d'accord et amusé.

Amber lui rendit son sourire.

C'était un homme bien. Les choses avaient beau avancer moins vite qu'elle ne l'aurait souhaité, elle était plus déterminée que jamais à faire en sorte qu'elles finissent par se produire. Elle connaissait ses méthodes. Elle connaissait le fonctionnement de son cerveau. Maintenant, elle n'avait plus qu'à se tenir prête lorsque ce serait le moment d'agir.

Ils s'arrêtèrent près d'un projet qui avançait bien. La grande forme qui avait été érigée au préalable était une part de pizza posée sur un plateau de service surélevé. L'ensemble de la sculpture penchait légèrement sur le côté pour que la surface puisse être admirée.

Des parts avec du pepperoni et des olives étaient en évidence à l'arrière-plan, mais lorsqu'Amber se plaça à côté de Kaylee, quelque chose attira son attention. L'équipe avait voulu donner l'impression que le fromage coulait du bord de la part au bord du plateau et...

Oh non.

Elle était sur le point de se mettre à pouffer de rire et d'en tomber à la renverse.

Elle se pencha vers Kaylee.

— Il y a... Est-ce que je vois bien ce que je crois voir ?

Un ricanement échappa à sa meilleure amie.

— Peut-être ?

— Oh mon Dieu, murmura Amber.

Elle fixa les longues coulures en relief. Lara, qui se tenait de l'autre côté, se joignit à leurs rires. Elle appuya la tête sur l'épaule d'Amber et gémit, comme si elle était au bord de l'agonie.

— Je ne peux rien dire. J'ai besoin de dire quelque chose, mais je ne peux tout simplement pas...

Elle partit dans un hoquet de rires hystériques.

Alex regarda dans leur direction, alerte. Il tourna autour du groupe pour les rejoindre. James se déplaça en vitesse, lui aussi.

— Est-ce qu'ils utilisent le lien d'accouplement mental pour vous demander pourquoi on rit ? parvint à demander Amber entre plusieurs hoquets. Vous *devez* le leur dire.

— Je ne peux pas. *Tu* t'en occupes, dit Kaylee à Lara aussi fermement qu'elle put.

Elle attrapa James et enfouit son visage contre son torse pour pouvoir dissimuler ses éclats de rire.

Lara se ressaisit, jeta un regard à la pizza, puis se retourna vers Amber et s'effondra en se tenant le ventre, à bout de souffle.

Cooper les avait maintenant rejoints. Il fronça les sourcils en découvrant la situation.

— Amber ?

Elle pinça les lèvres et secoua frénétiquement la tête. Il se tenait entre elle et la sculpture de glace. On pouvait voir l'une des stalactites épaisses et ruisselantes derrière son épaule.

Amber ferma les yeux et pria pour trouver la force de parler.

La douce caresse de Cooper sur son épaule et la chaleur de son souffle sur son visage la calmèrent légèrement, mais ses joues étaient encore bouillantes lorsqu'il parla à voix basse.

— Ils ont mis des morceaux de lapin sur la pizza, non ? demanda-t-il.

Amber se redressa brusquement, reconnaissante d'avoir une bonne solution qui lui éviterait de décrire le véritable problème.

— Une Spéciale Lapin ? Eh bien…

Elle jeta un œil vers la pizza. Il semblait que l'équipe, avec l'aide et la complicité de Dixon de la meute de loups Orion, avait *en effet* sculpté ce qui semblait être quelques paires d'oreilles de lapin sur la surface. Lorsqu'elle regarda le groupe, elle se rendit compte qu'elle ne pouvait pas lâcher le morceau sans mentionner ce qui les avait fait rire, elle et ses amies.

Amber empoigna l'avant de la chemise de Cooper et le tira près d'elle afin de pouvoir lui chuchoter à l'oreille.

— Le fromage qui dégouline. Ça n'a pas vraiment l'air de fromage, mais plutôt de… quelque chose d'autre. Des choses qui ne devraient pas traîner lors d'un événement public.

Cooper resta près d'elle, mais pencha la tête sur le côté pour jeter un œil.

— Je les vois. Les coulures. Je ne sais pas ce que…

— Des pénis. Plein de pénis. Cooper, chacune de ces coulures est classée X.

Il s'immobilisa et des yeux.

Les joues d'Amber chauffèrent encore plus lorsque le regard de Cooper survola la demi-douzaine d'objets tubulaires.

La fonte de la glace faisait couler l'eau vers le bas de chaque coulure, où elle s'était refroidie et accumulée pour créer une « tête ». Des veines et des stries étaient également présentes. Si ça n'avait pas été si catastrophique, ils auraient été frappants de réalisme.

Réalistes et très impressionnants. Hum, hum.

Cooper se racla la gorge.

— Oh. *Oh*, je vois.

Si digne. Si mature.

Jusqu'à rejeter la tête en arrière et rire aux éclats, ce qui déclencha une nouvelle salve de rires chez Amber et ses amies.

Cela lui demanda un peu de temps avant de reprendre le contrôle de lui-même. Il arborait encore un grand sourire lorsqu'il lui fit un clin d'œil.

— Je vais m'en occuper. Si tu vois une opportunité d'arranger les choses, fonce.

Elle se ressaisit comme elle put.

— Bien sûr.

Alex était parvenu à remettre Lara sur pied, mais il n'avait pas encore entendu de véritable réponse de sa part quant à la source de leurs rires.

Cooper appela son frère.

— Beau boulot, frérot. Peut-être que tu devrais aider l'équipe là-bas à vérifier la base. On dirait qu'une fissure est en train d'apparaître.

— Où ça ?

Alex quitta Lara et se déplaça vers Cooper.

Amber s'imaginait peut-être des choses, mais il lui sembla que Lara avait avancé son pied. Soudain, Alex glissa et vola. Il se dirigeait tout droit vers la sculpture de glace et un désastre allait se produire.

Cooper l'attrapa par la manche et tira dessus. Il changea sa direction en plein vol. Au lieu d'anéantir toute la part de pizza, la tête d'Alex effleura la longue ligne de coulures, ce qui envoya au sol les objets à la forme érotique. La plupart d'entre eux se brisèrent en glaçons qui ne rappelaient plus rien de pornographique.

Amber se glissa vers les quelques-uns encore intacts d'un air désinvolte et les plaça soigneusement sur le côté, enfoncés dans la neige, à coups de pied. Un désastre avait été évité.

— Vous faites une bonne équipe, lança Kaylee alors que la cloche sonnait pour annoncer la fin du concours.

— J'ignorais ce qui se passait jusqu'à ce que Kaylee me le dise, expliqua James, un léger sourire narquois sur le visage en serrant sa compagne contre lui. Quel dommage qu'ils soient tous cassés.

— James, répondit Kaylee d'un ton outré.

Amber baissa le visage pour dissimuler ses joues enflammées, mais elle souriait aussi. Elle avait vu davantage que de l'amusement dans les yeux de Cooper. Il y avait eu du désir.

Du désir pour elle.

Oui, à mesure que l'après-midi avait avancé et qu'elle avait passé du temps avec la famille Borealis, Amber avait ressenti un étrange sentiment de satisfaction. Ça n'allait pas être simple, mais elle en savait assez pour agir au bon moment.

Et le bon moment, ce serait lorsque Cooper aurait le plus besoin d'elle.

Qu'il le mette dans sa liste de « projets très importants » ou non.

La démangeaison sourde au niveau de sa nuque empirait chaque jour.

Cooper n'avait pas prêté attention à cette sensation pendant près d'une semaine avant de se rendre compte de ce dont il s'agissait. La fièvre d'accouplement était sur le point de se produire, et il lui manquait du temps.

Le fauteuil de son bureau était parfaitement aligné et cela faisait en sorte qu'un reflet apparaisse dans le verre enchâssé lorsque la porte de son bureau était ouverte. Chaque fois qu'Amber s'éloignait du meuble à tiroirs et qu'elle retournait à son bureau, Cooper bénéficiait d'une vue dégagée sur son trajet. Elle se déplaçait avec assurance, disparaissait un instant, puis revenait s'asseoir.

Elle croisait les jambes et, quelques instants plus tard, les décroisait...

Un jour, ce moment où elle les décroisait lui serait fatal.

C'était injuste. Ce n'était pas normal. Il ne devait ni reluquer une employée ni voir son monde bien maîtrisé et ordonné sombrer dans le chaos à cause de simples jambes.

Je parie qu'elle a des orteils adorables.

Tu n'aides pas, répondit franchement Cooper à son ours.

Tu agis trop lentement, et tu es un bon à rien lorsque tu es distrait comme ça, rétorqua son ours. *Peut-être que tu as besoin de penser un peu plus à ses orteils et au reste de son corps. Ses orteils nus. Sa peau.*

Ça va ? Je ne te dérange pas ? demanda Cooper d'un ton sec.

Il fut terriblement déçu de lui-même lorsqu'une image graphique d'Amber sans vêtements apparut dans ses pensées.

Nous avons vu ensemble les raisons pour lesquelles il est plus logique d'attendre au moins une année de plus.

Bla-bla-bla, grogna son ours. *Logique, tu parles.*

Heureusement, Cooper pouvait penser à autre chose à la fin de la journée. Amber était partie avant lui. Il ferma le bureau et se dirigea droit vers la maison de ses grands-parents.

Il laissa sa voiture sur le côté de l'allée et se glissa dans la fraîcheur confortable du grand bâtiment en rondins. Le sol en bois poli était chaud sous ses pieds et l'air transportait le son de voix, ainsi que de la musique délicate et l'odeur de la cuisine de sa grand-mère. Une sensation confortable et chaleureuse éloignant toutes ces autres émotions contradictoires.

— Ça fait du bien de te voir, frérot, lança James en lui offrant une tape vive dans le dos et un verre de scotch rempli.

Il observa Cooper.

— Heureusement que c'est bientôt les vacances. Tu as l'air un peu fatigué.

— La fin de l'année est toujours chargée, expliqua Cooper en guise d'excuse.

Il se glissa auprès de sa grand-mère qui était en train de remuer quelque chose aux fourneaux et déposa un baiser sur sa joue.

— Ton invitation à dîner était inattendue, mais comme toujours, ça sent si bon que je serais prêt à donner un million de dollars pour goûter à ta cuisine.

— Je ne pense pas pouvoir en demander tant pour ma sauce au jus de viande, mais merci, mon chéri.

Mamie Laureen se redressa pour pouvoir appuyer sa main contre la joue de Cooper.

— Tu travailles trop dur. Tu devrais prévoir une escapade prochainement. Prendre le temps de te ressourcer et te remettre sur pied.

Compte tenu des signes avant-coureurs de la fièvre d'accouplement, sa proposition était l'excuse parfaite dont il avait besoin pour disparaître dans les prochains jours.

— Il se pourrait bien que je t'écoute. Je serai de retour pour les fêtes de famille, c'est certain.

Kaylee et Lara le contournèrent pour attraper les assiettes et dresser la table pour le dîner.

Sa grand-mère agita une main dans sa direction.

— Bien sûr que je *veux* tous vous voir pour Noël, mais seulement si ça marche pour tout le monde. Parfois, les meilleurs plans doivent être mis de côté lorsqu'autre chose se présente.

Il le regarda de près. Son commentaire à propos des plans semblait un peu trop personnel. Pourtant, elle ne le regardait pas. Au lieu de cela, elle mélangea une dernière fois ce qui se trouvait dans sa casserole avant de lancer des ordres à ses frères et ses belles-sœurs. Ils vinrent tous récupérer un saladier bien rempli à déposer à table.

Mamie Laureen pivota vers Alex et désigna un plateau sur lequel s'entassaient des steaks.

— Apporte ça à table, s'il te plaît. J'apporterai les petits pains et ce sera tout. Oh, et Cooper, sois gentil et va chercher ton grand-père. J'ignore où il se trouve.

Cooper partit à la recherche du patriarche de la famille. Le vieil homme ne fut pas si difficile à trouver. Ses rires graves résonnèrent près de la porte d'entrée.

— Papy. C'est l'heure du dîner...

Cooper tourna à l'angle et s'arrêta, manquant trébucher. Son grand-père était en train de débarrasser Amber de son manteau.

Elle se retourna vers lui et lui offrit un sourire timide.

Oh bébé, gronda joyeusement son ours.

Arrête ça. Tu es vraiment lourd.

Elle a l'air délicieuse.

Quelle partie est-ce que tu ne comprends pas dans « arrête ça » ?

Celle où je pense que j'ai envie de la lécher, des orteils jusqu'au bout de son...

Son grand-père interrompit le bavardage enfantin dans ses pensées et fit signe à Cooper, une expression extrêmement sérieuse sur le visage.

— Elle est absolument adorable. J'avais simplement mentionné à Amber que j'espérais pouvoir relire les rapports de fin d'exercice, et regarde un peu. La voilà avec eux. Je pense qu'elle devrait se joindre à nous pour le dîner.

— Oh non, balbutia rapidement Amber en clignant des yeux. Je veux dire, *oui*, j'ai en effet apporté les rapports, mais j'avais compris avoir été invitée...

Elle se tut, visiblement gênée.

Cooper intervint rapidement pour la rassurer.

— Grand-père a raison. Tu devrais rester. Il y en a largement assez avec ce que ma grand-mère cuisine, il y a de quoi nourrir une armée d'ours, et je sais que les filles seraient ravies de ta visite.

Elle leva le regard pour croiser le sien sans flancher.

— Merci. C'est si gentil à vous de m'accueillir.

Son grand-père avait disparu. Il s'était certainement tiré en quatrième vitesse avant que Cooper puisse le regarder de travers.

Ce n'était pas le meilleur moment : la fièvre était vraiment très proche. Il était hors de question qu'Amber se sente mal à l'aise alors qu'elle ferait bientôt partie de cette famille. *Bientôt* étant tout à fait relatif.

Cooper ne laisserait pas l'attitude « tu fais partie de la bande », à la fois enjouée et mal avisée de son grand-père gâcher la cour qu'il ferait un jour à ladite demoiselle.

Comme on pouvait s'y attendre, le reste de la famille fut ravie de voir Cooper entrer dans la pièce avec Amber.

— Amber. Viens t'asseoir à côté de moi, ordonna Kaylee.

Cette dernière se précipita en cuisine pour aller chercher un autre couvert. Elle décala sa propre chaise et fit de la place à son amie. Ce qui voulait dire qu'Amber s'installerait en face de Lara et que Cooper serait son voisin.

— Merci de m'avoir laissée interrompre votre moment en famille, dit Amber.

Cooper glissa sa chaise au milieu et sa grand-mère balaya son commentaire de la main.

— Ce n'est pas un repas de famille officiel. J'avais pas mal de recettes qui avaient besoin d'être testées. Kaylee et moi avons cuisiné de quoi nourrir une armée. Mon armée mobile préférée est toujours à disposition.

La conversation fit le tour de la table avec les plateaux garnis. C'était agréable. Simple.

— Hé, Amber. Il fallait que je te dise quelque chose. Un des membres de la meute en voyage prolongé a dit avoir entendu des rumeurs au sujet de la localisation de ton frère. C'est dans un village sans connexion satellite, alors on ne peut pas les appeler pour en savoir plus. Il est en train de vérifier ça avant d'envoyer qui que ce soit sur une fausse piste, expliqua Lara, la voix trahissant son excitation. Il m'a dit qu'il était plutôt certain qu'ils parlaient de Mason.

— Je croyais que tu n'allais rien dire avant d'être sûre, fit Alex d'un ton doux, mais qui ressemblait à celui d'un reproche

À côté de Cooper, Amber s'assit bien droite.

— J'ai besoin de savoir, et je *veux* savoir, même si ce n'est pas sûr à cent pour cent. Rien que d'en savoir un peu, ça me donne espoir, insista-t-elle.

Elle ne lâcha pas Alex du regard, comme s'il n'était pas un prédateur qui faisait le double de sa taille sous sa forme de métamorphe.

Les lèvres d'Alex tressaillirent, puis il tourna la tête vers sa compagne.

— Tu as là une protectrice acharnée, trésor. C'est bon de savoir que l'humaine surveille tes arrières.

— *Une* des humaines de la pièce fit remarquer sa grand-mère qui sourit d'un air approbateur à Amber. Et l'autre humaine est d'accord. Cela vaut la peine d'écouter toutes les pistes dans l'espoir que l'une d'entre elles puisse être suivie afin de trouver la bonne voie.

— Je m'assurerai de te le dire dès que j'en saurai plus, promit Lara.

Cette dernière jeta un regard autour de la table et dit en souriant :

— À part ça, c'est de la folie à la maison de la meute ces jours-ci, en attendant Noël. On dirait qu'on a au moins une douzaine d'enfants à la maison vu les histoires que ça fait !

— Qu'est-ce que vous ferez lorsque vous aurez des

enfants ? demanda Amber avant de porter la main à sa bouche. Mince. C'est une question humaine terriblement grossière. Je suis désolée. Je ne voulais pas vous demander lorsque vous aurez des enfants, toi et Alex, vu que c'est à vous de décider lorsque vous en aurez. Ou *si* vous en voulez. Je ne veux pas faire de suppositions... continua-t-elle d'un air renfrogné avant de sourire timidement. Si j'ouvre encore la bouche, je finirai par sortir des idioties plus grandes que moi.

Lara rit.

— Je sais ce que tu voulais demander à la base. La logistique de la cohabitation dans une meute de loups est une chose curieuse. La maison de la meute est réservée aux adultes, et tous ceux qui y vivent et qui ont des enfants déménagent en général dans une maison individuelle pas très loin. Seulement, en tant qu'alphas, Alex et moi, nous resterons à la maison. On ajoutera d'autres pièces à notre appartement selon le nombre d'enfants que nous aurons.

James regarda Kaylee, qui sourit lorsqu'il prit la parole :

— On veut des enfants, mais pas tout de suite.

Alex était en train d'acquiescer lorsque Lara déclara :

— Oh, j'aimerais en avoir dès que possible.

Il fut en état de choc.

— Des enfants ? Maintenant ? déglutit Alex.

Il finit par sourire, une expression un peu chancelante sur les bords.

— Vraiment ? insista-t-il.

— Bien sûr. Si on veut avoir une grande et belle famille, on ferait bien de s'y mettre rapidement. Vous êtes trois enfants dans ta famille, nous sommes cinq... peut-être qu'on pourrait faire entre les deux.

James arbora un sourire machiavélique alors qu'Alex luttait pour ne pas craquer.

— Ou alors, vous pourriez établir un nouveau record. Six. Ou sept, ce serait chouette.

— *Sept ?* s'étrangla Alex, qui se força à sourire, l'air tourmenté. On peut en reparler plus tard, trésor ?

— Bien sûr, mon cœur, répondit Lara en faisant un clin d'œil à Amber.

Elle attrapa le saladier devant elle et le fit passer sur le côté.

La conversation passa à d'autres sujets à mesure que les plats et les verres se remplissaient. Être assis à côté d'Amber était une forme de douce torture pour Cooper. Leurs jambes se frôlaient de temps à autre et, malgré la dinde, les choux de Bruxelles à la braise et le saumon rôti, et tout le reste à table, son odeur restait ce qu'il y avait de plus fort dans la pièce.

Pourtant, ce ne fut que lorsque le vin sembla avoir un goût étrange qu'il se retira de table. Debout dans la salle de bains, Cooper feuilleta rapidement ses notes. Bien sûr, à la page des « signes de la fièvre d'accouplement imminente, » se trouvait le point suivant : *l'alcool a mauvais goût.*

Il était temps de prendre ses dispositions.

Cooper ouvrit la réservation de la cabane rustique et reculée qu'il avait commencée quelques semaines plus tôt. Il cliqua sur la confirmation et revint à table avec un sentiment de sérénité.

Tout était sous contrôle.

Ça l'était jusqu'à ce qu'il soit prêt à quitter la maison et qu'il se rende compte qu'il ne restait plus qu'Amber et lui. Ses frères avaient été impatients de se retrouver seuls avec leurs compagnes, et son grand-père s'était volatilisé quelque part.

Amber était là, en train d'enfiler son manteau pendant que sa grand-mère discutait avec elle.

Mamie Laureen tapota la main d'Amber.

— Merci d'être restée pour m'avoir expliqué ça, ma chère. Cooper va te raccompagner jusqu'à ta voiture.

— Je peux me débrouiller seule, madame Borealis.

— Je t'en prie, répondit sa grand-mère, le regard brillant. À quoi bon avoir des petits-fils grands et forts si je ne peux pas les réquisitionner pour qu'ils obéissent à mes ordres de temps en temps ?

Elle referma la porte derrière eux et ils se retrouvèrent en silence. Il avait commencé à neiger et les minuscules cristaux volaient autour d'eux comme du sucre glace.

— Viens, lança Cooper en lui tendant le bras.

Il attendit qu'Amber ait enroulé sa main gantée autour de son biceps. La distance à parcourir jusqu'à son véhicule fut à la fois trop courte et bien trop longue, vu que son ours passa tout son temps à lui hurler dessus pour qu'il la prenne dans ses bras et l'amène dans une grotte.

Ils venaient juste de s'arrêter près de sa voiture lorsqu'elle se retourna, déterminée. Elle inspira profondément et prit la parole.

— Viens prendre un verre chez moi. Il est encore tôt et ça me ferait plaisir de passer du temps avec toi ailleurs qu'au bureau.

Amber était en train de lui tendre tous les laissez-passer dont il avait toujours rêvé. C'était inattendu. Il avait espéré qu'elle répondrait favorablement à sa cour d'ici quelques années, mais là, c'était sorti de nulle part et « pas au programme ».

Elle le prit encore plus par surprise. Elle glissa une main derrière son cou et l'attira vers elle. Si près que, lorsqu'elle leva le regard, il n'y avait plus que ses lèvres et les siennes, rien entre elles.

Un baiser hors du temps. Ce n'était pas censé se

produire. Lorsque ses lèvres caressèrent les siennes, il aurait pu jurer qu'un million d'ampoules avaient illuminé les ténèbres telles des néons.

Cooper recula légèrement. Il était perché au-dessus d'elle, mais le regard d'Amber lui indiquait qu'elle était sur la même longueur d'onde que lui. Ils étaient sur un pied d'égalité pas seulement en termes de désir, mais aussi de détermination. Mon Dieu, il espérait vraiment que ce soit vrai, mais il y avait encore de nombreux points sur sa liste dont il devait s'occuper avant qu'ils ne puissent faire quoi que ce soit d'irréversible.

Alors, fais quelque chose de temporaire, suggéra son ours.

Occupé, l'avertit Cooper.

On ne dirait pas, se plaignit son animal intérieur.

— Cooper ? demanda Amber en glissant une main le long de sa mâchoire.

Elle la fit remonter vers ses cheveux, qu'elle brossa en arrière, ses doigts tirant légèrement dessus. Son toucher était électrique. Il s'enroulait autour du corps de Cooper comme un immense nœud de Noël. Son désir monta en flèche, brûlant, et le fit entrer en ébullition.

Les doigts d'Amber raffermirent leur prise et elle l'attira de nouveau vers elle, et bon sang, il lui était impossible de ne pas en faire de même.

Ce ne furent pas les encouragements d'Amber qui le firent changer d'avis, mais son besoin de la posséder, de la prendre, et de la toucher. Il embrassa ses lèvres avides et s'enivra de la douceur de sa bouche. Le frisson qui accompagna leur contact ne lui laissa aucun doute. Tout serait parfait... lorsque le moment serait venu.

Ce n'était pas maintenant.

Il repoussa toutes ses pensées ennuyeuses à propos de

l'endroit et du moment et de l'attente, et il se concentra plutôt sur ce dont il devait profiter à cet instant. Sa bouche contre la sienne, ses mains qui agrippaient ses épaules. Ils étaient séparés par d'épais manteaux et pourtant, il pouvait la sentir se courber de toutes ses forces, leurs corps l'un contre l'autre.

Sa langue se mêla à la sienne et il gronda de plaisir, venant ainsi rejoindre le ronronnement de désir produit par Amber.

Lorsqu'il parvint enfin à se détacher de leur baiser, les lèvres de la jeune femme étaient enflées et ses yeux brillaient. Elle respirait avec difficulté, les joues rouges d'excitation.

Puis, il fit ce qu'il avait eu de plus difficile à faire de toute sa vie. Il la laissa partir, décolla ses doigts de ses hanches et força ses pieds à reculer jusqu'à ce qu'il y ait un bon demi-mètre entre eux, puis un mètre, puis deux, et de plus en plus de distance.

Il soupira, mais il croisa son regard :

— Je te reverrai dans quelques jours. On pourra parler à ce moment.

—Cooper...

Il ignora la détresse dans sa voix, tourna les talons et s'éloigna. Soit il était l'ours le plus intelligent au monde, soit il venait de gâcher ce qui pouvait faire son bonheur.

S'en tenir à sa liste de « à faire tout de suite », ça craignait.

6

Cela lui demanda un moment pour surmonter le choc initial.

Il l'avait embrassée. Elle n'avait pas été la seule à forcer les choses. Bien qu'il ne s'y soit pas attendu, Cooper avait été cent pour cent d'accord avec ce contact intime.

Comment avait-il pu s'en aller ?

Amber jura à quelques reprises, un vent glacial la fouettait. Elle se glissa donc à l'intérieur de sa voiture et claqua la portière. Souffrir de gelure ne l'aiderait pas à botter les fesses de Cooper.

Oh, il le méritait amplement.

Elle ferma les paupières et s'adossa contre l'appui-tête, dans l'espoir que ce contact ferme mette fin à son tournis. Elle brûlait d'un désir ardent et n'était pas certaine de ce qui était en train d'arriver.

Elle n'avait pas prévu de l'embrasser. Lui demander de passer chez elle avait été audacieux de sa part. Quelques observations pendant sa discussion avec Laureen Borealis l'y avaient encouragée, et puis elle avait trouvé que tout s'était si bien passé au cours du dîner.

La femme âgée avait mentionné qu'il fallait vivre sans regret et profiter de chaque instant. Ses mots avaient mis de l'huile sur le feu et avaient poussé Amber à agir.

Il lui avait rendu son baiser, *bon sang*.

Alors pourquoi... ?

Elle parcourut la courte distance qui la séparait de sa maison pour ne pas rester assise devant la propriété des Borealis. La dernière chose dont elle avait besoin, c'était que Giles ou Laureen la voient assise là, hébétée, et qu'ils viennent voir ce qui n'allait pas.

Alors qu'elle montait les escaliers vers son appartement, le téléphone d'Amber vibra. Elle fixa bêtement l'actualisation du calendrier qui lui était parvenue.

Confirmation de réservation : Motel « Une cabane dans les bois ». 1 personne, 7 nuits. Instructions particulières prises en compte. Merci de nous indiquer si vous avez besoin de quoi que ce soit d'autre au cours de votre séjour.

Amber le relut, puis l'ouvrit pour voir s'il y avait d'autres informations. Pour tout dire, elle était véritablement perdue. Lorsqu'elle se rendit compte que l'alarme venait du calendrier professionnel qu'elle partageait avec Cooper, et qu'il avait réservé un séjour dans un lieu isolé pendant une semaine à compter de demain, tout devint clair comme de l'eau de roche.

Il n'était pas parti parce qu'il ne voulait pas d'elle. Cooper cherchait à la protéger.

Elle ne voulait pas de sa protection. Elle avait besoin de *lui*.

Amber inspira profondément. Il avait aussi besoin d'*elle*.

Elle vérifia à nouveau la réservation, mais elle n'était que pour une personne. Il ne s'envolait pas vers un nid d'amour seul sans que personne ne sache rien. Cette semaine d'absence signifiait clairement quelque chose.

Quelque chose d'énorme, comme l'arrivée de la fièvre d'accouplement.

C'était logique. Maintenant, à l'approche des fêtes de fin d'année, avec encore plus d'une chose à faire sur sa liste de tâches ? Cooper n'était pas du genre à abandonner ses responsabilités sans anticiper.

Elle pensait avoir fait preuve de courage en l'invitant chez elle, mais cela n'avait semblé être que la partie visible de l'iceberg. Elle allait devoir être encore bien plus audacieuse. Amber entra dans son appartement et sortit une valise pour faire ses propres plans.

Par égard pour ses amies, elle attendit le lendemain matin avant de commencer un échange par message.

Amber : *J'ai une question pour n'importe laquelle d'entre vous.*

Lara : *Je suis réveillée. Qu'est-ce qu'il y a ?*

Amber s'arrêta en plein milieu de l'écriture de sa question parce que « *quelle est la meilleure manière de charmer Cooper d'après toi ?* » avait l'air bien plus tordu qu'elle ne l'aurait voulu.

Elle avait certainement dû marquer une pause trop longue, parce qu'elle reçut un commentaire exaspéré.

Lara : *Je te jure que si tu m'as fait me lever tôt pour réécrire tes messages mille fois, je vais te botter les fesses demain !*

Amber : *D'accord. Je vais aller droit au but. Cooper vient d'avoir la fièvre d'accouplement, et je prévois de le rejoindre. Est-ce que tu as des suggestions, vu que je suis humaine et que je ne sais pas trop à quoi m'attendre ?*

Lara : *...*

Lara : *...*

Lara : …

Amber leva les yeux au ciel. Bon, elle comprenait maintenant combien il était agaçant de voir quelqu'un écrire et effacer ses messages. Elle voulait des renseignements, et vite. Elle avait de la route à faire et un ours pour qui se déshabiller.

Oh bon sang, elle courait après un ours polaire pour qui la fièvre d'accouplement commençait, et ils auraient des rapports sexuels, et elle était humaine, et à quoi est-ce qu'elle pensait donc ? En fait, c'était pile ce qu'elle voulait.

Amber : *Dis quelque chose avant que je panique. Tu penses que c'est une très mauvaise idée ?*

Lara : *Désolée. J'ai hurlé en lisant ton message, et puis j'ai dû me battre avec Alex pour récupérer mon téléphone avant qu'il puisse lire ce que tu avais écrit.*

Amber appuya son front contre la table devant elle. Génial. Elle n'avait même pas pu arriver à la cachette de Cooper, ni eu l'opportunité d'être rejetée que ses frères sauraient déjà ce qu'elle manigançait.

C'était une chose que ses amies le sachent. C'en était une autre que toute sa famille soit au courant.

Kaylee rejoignit alors la conversation et sa bulle de connexion passa au vert une seconde.

Kaylee : *OH. WAOUH. ÇA ALORS ! Tu es sérieuse, Amber ?*

Lara : *Bien sûr qu'elle est sérieuse. Ils en pincent l'un pour l'autre depuis belle lurette. C'est très… euh… évident… « olfactivement » parlant.*

Amber : *Je déteste ton odorat de loup. Il faut que tu le saches.*

Lara : *J'ai été polie et je ne t'en ai jamais fait part ! Parfois, je te jure que… ça ne fait rien. Disons seulement que je l'avais remarqué.*

Amber : *Peut-on en revenir à la question ? Si vous ne pensez pas que ce soit une mauvaise idée que je rejoigne Cooper, est-ce que je franchis quand même une limite ? J'ai besoin de votre aide, les filles. Si vous me dites que je devrais rester à l'écart, je le ferai.*

Kaylee : *Pour parler franchement : tu sais que ça peut entraîner un quasi-mariage entre vous ? Ça pourrait représenter bien plus qu'un simple coup d'une semaine.*

Amber : *Compris. Ça me va parfaitement.*

Lara : *En voilà une humaine courageuse !*

Amber : *Courageuse ou téméraire. À vous de me dire.*

Kaylee et Lara commencèrent toutes les deux à écrire en même temps. Elles envoyèrent leur message au même instant et, une seconde plus tard, les larmes montaient aux yeux d'Amber. Ses amies étaient les meilleures.

Kaylee : *Les deux, mais ce n'est pas une mauvaise chose. Tu sais que ça vaut la peine de prendre des risques. Je suis si heureuse que James ait pris le risque avec moi, parce qu'il représente vraiment mon tout.*

Lara : *Assez courageuse pour oser faire preuve d'imprudence. Si c'est ce que tu veux et que tu penses que c'est le mieux. Comme Alex et moi. Nous étions destinés à être ensemble, mais il a pris le risque et il s'en est assuré.*

C'était pour ça qu'elles étaient ses meilleures amies. Elle était si reconnaissante de les avoir dans sa vie.

Amber : *Je vous aime, les filles.*

Kaylee : *On t'aime aussi. Bon, pour le truc de la fièvre d'accouplement ? S'il l'a, prépare-toi à une sacrée dose de sexe.*

Lara : *Pour parler franchement. Ne mentionne pas d'autres hommes et n'évoque pas ton départ, même pour un peu d'intimité.*

Kaylee : *Cette histoire de départ : oui, il va être un vrai pot de colle qui voudra te toucher toute la semaine. Ne prends pas trop de place dans ta valise avec des habits. Fais le plein de barres énergétiques.*

Lara : *Bien vu. Et d'anti-irritant. Et de lubrifiant. Bois beaucoup pour pouvoir faire pipi après chaque rapport sexuel et éviter les infections urinaires.*

Kaylee et Lara échangèrent des conseils de ce genre pendant encore cinq minutes. Le visage d'Amber était devenu écarlate. Elle avait pris des notes mentales tout du long avant d'écrire enfin à nouveau.

Amber : *Je vais maintenant faire comme si cette conversation ne s'était jamais produite, et j'attends de votre part que vous en fassiez de même. Silence absolu, surtout avec vos mecs, pendant au moins une semaine, d'accord ? Et Kaylee, est-ce que tu peux me couvrir au travail ? Je m'y suis rendu hier soir et j'ai fait tout ce qu'il y avait d'urgent. Je t'ai laissé un programme à suivre.*

Kaylee : *Aucun problème !*

Lara : *Je ne dirai pas un mot. Il se pourrait que je doive scotcher Alex quelque part pour l'empêcher de lire ces messages, cependant. Mais bon, ça pourrait être amusant...*

Amber : *Je vous tiendrai au courant. Merci pour tout.*

La route jusqu'à la cabane fut plutôt courte, ce qui ne lui laissa pas l'opportunité de remettre quoi que ce soit en cause. Amber s'arrêta au bureau principal avant de monter petit à petit sur la route longue et cahoteuse au bout de laquelle se trouvait la minuscule cabine. Elle était au bord d'une clairière dégagée et exposée au nord.

C'était un lieu immaculé, où la neige pure et blanche s'était déposée à l'image d'une robe de mariée. Elle se gara à côté du pick-up de Cooper, inspira profondément et se dirigea vers le porche.

Elle avait obtenu une clé de la part du propriétaire. Un

instant plus tard, Amber se retrouva dans un lieu qui avait une odeur de bois fumé. Les rideaux étaient tirés en arrière, et le soleil baignait le parquet de ses larges rayons. Une chaîne argentée et brillante s'enroulait tel un serpent sur le sol. Pourtant, son attention se posa sur le lit.

Cooper était étiré sur la couette fait main, le souffle court. Sa poitrine se soulevait comme s'il venait de finir une course. Son visage était grimaçant, ses traits déformés par la douleur.

Quelque chose se brisa à l'intérieur d'Amber. Même si cette semaine n'avait aucun autre résultat que d'apaiser cette douleur, cela en vaudrait la peine.

Elle retira ses chaussures et son manteau. Elle n'essaya pas particulièrement d'être silencieuse. Pourtant, Cooper ne remarqua pas sa présence.

Bon, alors. C'était le moment de jouer gros, car elle ne laisserait certainement pas tomber.

Amber posa une main sur le matelas et baissa le regard vers lui.

Cooper.

Aucune réponse. Juste un faible gémissement.

Le son lui déchira un peu plus le cœur. Ça lui était insoutenable.

— Cooper. Je suis là. Tout va bien.

Un autre gémissement, et Amber craqua. Elle rampa hors du lit pour pouvoir se pencher par-dessus lui. Elle caressa son visage et s'agenouilla près de son futur compagnon pour mieux garder l'équilibre.

— Cooper. Ouvre les yeux. C'est moi, Amber.

Il leva les mains vers ses hanches. De grandes mains fortes qui l'agrippèrent elle posa les mains sur son dos, appuyant jusqu'à ce qu'elle se penche sur lui. Plus près. Encore plus près.

Amber appuya les mains sur son torse. Elle chuchota et espéra pouvoir pénétrer la cage qu'il avait construite autour de lui.

— Tout va bien, Cooper. Je suis là pour toi. Peu importe ce dont tu as besoin, je te promets que je suis prête.

Il ouvrit les yeux, et ce fut son ours qui la dévisagea.

7

Ça ne pouvait pas être réel. Cooper déglutit avec difficulté. Il finit par décider que rêver de la femme qu'il désirait de tout son être devait être un effet étrange de la fièvre d'accouplement qui apparaissait une fois les trente-cinq ans passés.

— Non, laissa-t-il échapper. Tu n'es pas vraiment là. Tu ne *peux pas* être là. Le toi imaginaire doit partir, sur-le-champ.

— Je ne peux pas.

Cooper se redressa et s'enroula sur lui-même. Il se maudit intérieurement : cela le rapprocha des courbes délicates d'Amber. Il leva ses mains, tremblantes, et prévit d'attraper la jeune femme et de la porter à l'écart. L'heure était grave.

Hmmmmmmm.

Et voilà. L'apparition de son ours était l'une de ses hantises.

Ne fais rien. Ne pense *rien,* le prévint Cooper.

C'était trop tard. Une vague de désir l'envahit, provoquée par sa moitié ours. Des images cochonnes de ce qui devrait maintenant se produire lui parvinrent à grande vitesse et en haute définition. La pensée de faire rouler Amber sous son corps, de retirer ses vêtements et de la lécher était inoffensive comparée au reste.

La chaîne attachée à son poignet tinta et Amber haussa encore plus les sourcils.

— Qu'est-ce que tu as fait ?

— Je m'occupais de ce que je devais faire.

Parler était difficile et le devenait de plus en plus. Tout le sang dans son corps affluait vers la partie de son anatomie qui se trouvait sous les hanches d'Amber.

Celle-ci attrapa son poignet et le souleva. Elle étudia l'épaisse menotte.

— Est-ce que ce n'est pas un peu exagéré et inutile ? Si l'idée était de te terrer ici pendant une semaine, super. Mais ton ours est capable de briser ça en un instant.

Quelle idée brillante ! Une idée qui ne lui serait jamais passée par la tête dans son état actuel de « En Pleine Route Vers Le Gouffre Du Désespoir ».

Il était délibérément venu ici pour éviter de courir après Amber avant que ce ne soit approprié. En même temps, il voulait tenir la promesse qu'il avait faite à ses frères. Il ne pouvait donc pas se transformer pour échapper à la fièvre d'accouplement.

S'il devait faire un choix entre eux et Amber, il la choisirait chaque fois. Alex et James comprendraient, compte tenu de la situation.

Lorsque Cooper essaya de prendre sa forme d'ours, rien ne se produisit. Il sentait encore le poids d'Amber contre son anatomie bien humaine. Bon sang, dans une minute, il ferait quelque chose qu'ils regretteraient tous les deux.

On doit se transformer, dit-il à son ours.

Une espèce de haussement d'épaules nonchalant fut

immédiatement suivi d'une autre salve d'images perverses, accompagnées cette fois d'un rire diabolique intérieur.

Qu'est-ce qui cloche chez toi ? lui demanda Cooper. *Aide-moi ! On doit se transformer. Maintenant.*

Oh, certainement pas. Vois-tu, tu m'as fait promettre. « Interdit de se transformer et de s'échapper de cette pièce. J'ai besoin de rester humain. Donc, même si je te supplie, promets-moi que nous resterons humains toute la durée de cette fièvre. » Ça te parle ? Tu l'as rabâché à n'en plus finir, et je peux te le répéter si besoin.

Le cœur de Cooper se serra.

Oh. Oui. Ça.

Oui. Ça.

Son ours haussa les épaules dans un geste arrogant qui équivalait à un « je te l'avais dit » avant de devenir plus sérieux. Presque triste, étrangement.

J'ai besoin de passer en mode silence radio. Amuse-toi bien, et je te reverrai dans une semaine.

Avant qu'il ne puisse protester, son autre moitié était partie. Elle avait disparu là où la bête se rendait lorsque c'était Cooper qui était en charge.

Il reprit connaissance et recentra son regard sur Amber. Il se rendit compte qu'elle tenait son visage entre les paumes de ses mains.

— Cooper ? Est-ce que tu te parles à toi-même ?

— Oui, admit-il. Oh, Amber. Qu'est-ce que tu as fait ?

— Je suis venue parce que tu avais besoin de moi, répondit-elle d'un air attentionné.

L'espoir en lui grimpa en flèche, mais il garda le contrôle.

— J'ai la fièvre d'accouplement. Tu sais ce qui se passera si tu restes ?

Elle acquiesça, en dépit de ses yeux écarquillés. Le

pouls au creux de sa gorge palpitait, et elle fut prise d'un frisson.

Merde. Elle avait peur. Il lui faisait peur, et c'était inenvisageable.

Avant qu'il ne puisse trouver la forcer de la rassurer et de lui dire que tout irait bien, ou plutôt de mentir comme pas possible, Amber caressa sa joue du bout des doigts et le mit K.-O.

— Si tu ne veux pas de moi, dis-le et je m'en irai immédiatement. Je ne veux rien te faire faire dont tu n'as pas envie, Cooper.

Il la regarda, bouche bée.

— Je ne veux pas... ?

Elle se figea.

Merde. Oh, putain, non. Ce n'était pas le moment de sortir des bribes de phrases.

Cooper se retourna. Ou il lévita, peut-être. Parce que lorsqu'ils atterrirent à nouveau sur le matelas, elle était en dessous de lui, prise au piège par son torse largement plus grand.

— Laisse-moi te dire ce qu'il en est vraiment. J'ai envie de toi. C'est le cas depuis longtemps.

— Moi aussi. J'ai envie de toi, confessa Amber. J'ai envie de ça, continua-t-elle d'une voix claire et ferme. J'ai envie de toi, Cooper. Nous nous occuperons de tout ce que nous devons régler à un meilleur moment.

Puis elle noua ses mains à l'arrière de son cou et tira dessus.

Il n'avait que faire de toutes ses listes, de tous ses graphiques et ses projets à long terme. Il était touché par la fièvre d'accouplement, il disposait d'une partenaire consentante et, pour la première fois de sa vie, il allait profiter comme jamais de cette semaine.

La meilleure façon de commencer, c'était d'embrasser cette femme, celle de laquelle il comptait profiter pour l'éternité.

Cooper se pencha et laissa la nature prendre le contrôle. Leurs lèvres entrèrent en contact. Une chaleur torride traversa l'ensemble de son corps. Comme si la rencontre de sa bouche avec la sienne était la boucle finale qui permettait à toute la puissance de son désir d'investir dans son organisme.

Il l'inspira presque. Des lèvres douces, des langues en collision, un souffle de plaisir. Son goût et son ouïe se mélangèrent. Ils commençaient à peine, et c'était déjà la meilleure expérience sexuelle de sa vie.

Amber tira sur son haut, et il leva les épaules lorsqu'elle l'incita à retirer son vêtement. Tout du long, il ne cessa de l'embrasser. Sa bouche était une source de tentation, un nectar des Dieux, et il y était complètement accro.

Lorsque ses mains touchèrent sa peau, il fut frappé d'une autre décharge électrique. Le désir pesait lourd en lui, le son délicat d'appréciation qu'elle produisit en grattant sa peau avec ses ongles était divin.

Cooper se détacha de sa bouche un instant. Il mordilla et suça sa mâchoire, jusqu'en dessous de son oreille.

— Tu as un goût de soleil. De soleil et de sexe torride et moite.

Un faible rire échappa à Amber.

— Merci... Je crois ?

— Oh, c'est une bonne chose. Tu peux me croire.

Il s'appuya sur un coude et s'attaqua aux boutons d'Amber, mais il se tordit et s'arrêta lorsque la chaîne autour de son poignet cliqueta contre les menottes.

— Bordel.

Cette fois, Amber gloussa et gigota pour s'asseoir.

— Où est la clé ?

— Je ne sais pas.

Elle s'arrêta.

— Vraiment ?

C'était assurément une sacrée mauvaise organisation de sa part.

— Je les ai volées à Alex. J'allais lui envoyer un message pour lui dire de venir me libérer une fois que la fièvre serait passée.

Le regard d'Amber s'éclaira.

— Voilà un plan très bien pensé. Allez, reste tranquille.

Quelques secondes plus tard, elle avait libéré son poignet de la menotte et défaisait les boutons de ses vêtements.

— Tu pourras remercier Lara plus tard de m'avoir expliqué le secret pour les ouvrir sans la clé.

Cooper se préoccuperait de ses frères, de leurs compagnes et de ce qui pouvait bien se passer dans leurs vies sexuelles à un autre moment. Sa faim grandissait. En tant qu'ours plus expérimenté, il se contrôlait bien, mais il pouvait défaillir.

Lorsqu'il vit Amber se glisser hors de son chemisier et se tenir devant lui, sa belle peau marron mise en valeur par un soutien-gorge rose pâle, ce fut le coup de grâce. Il la souleva, se débarrassa de la chaîne sans hésiter et la porta jusqu'au lit.

Sa peau chaude caressa sa joue une seconde. Puis, Cooper s'abandonna à tous ses fantasmes.

Il suça sa peau, la mordit, l'embrassa.

Il le fit le long du bord de son soutien-gorge, puis, il fit basculer en arrière le bonnet et lécha longuement son sein.

Miam.

Il fit encore glisser le tissu et son doigt attrapa le sommet du bonnet pour pouvoir lentement dévoiler son téton d'un brun rougeâtre exquis.

Amber se cambra et rapprocha son corps de sa bouche lorsqu'il prit entre ses lèvres son téton qui pointait. Lentement, puis plus fort. Désormais, son soutien-gorge avait entièrement été mis de côté pour qu'il puisse mordiller l'ensemble du mamelon.

Elle gémit et emmêla ses doigts dans ses cheveux pour ne pas le lâcher. Cooper jouait avec elle et l'excitait. C'était le début de l'accomplissement de tous ses rêves. Un soupir échappa à Amber lorsqu'il fit rouler ses pouces et ses index en même temps sur ses deux mamelons.

— Mon Dieu, qu'est-ce que tu es belle !

Amber leva le regard vers lui, mais il avait déjà recommencé à lécher et à sucer le bout durci de ses seins. Encore. Rien ne l'en empêchait.

Cooper glissa une main sous son buste et la souleva vers lui, accélérant les préliminaires. Il pinça et suça l'un de ses seins, puis l'autre. Sa main libre tenait fermement Amber. La surface chaude de son corps sous sa main. Elle était délicieuse... et il y avait encore plus à savourer.

Oh, oui. L'odeur dans l'air lui rappela qu'il y avait d'autres endroits délicieux à explorer.

Il la reposa sur le matelas et s'empara de son pantalon. Un instant plus tard, elle était nue de la taille aux pieds.

— Cooper, cria-t-elle vivement.

Il avait envie d'entendre son nom comme une supplication. Une louange. Une bénédiction.

Mais d'abord, il abandonna à contrecœur la douceur de ses mamelons pour explorer le reste de son corps. Des baisers sous ses seins. Une petite morsure au niveau de sa taille. Un arrêt pour enfoncer sa langue dans son nombril, ce qui arracha un éclat de rire à la jeune femme.

Il continua de lécher, de goûter, de titiller.

Cooper écarta les jambes d'Amber et s'installa entre elles, prêt à y rester un moment.

Amber s'appuya sur ses coudes. Son soutien-gorge était emmêlé autour de son thorax, et son corps irradiait de chaleur. Ses yeux, fougueux, étincelaient.

Il mordilla l'intérieur de sa cuisse et elle haleta.

Oh, oui. Il allait provoquer ce genre de bruits en elle. Il avait besoin de les entendre. Besoin d'elle.

Cooper baissa la tête et colla sa bouche contre son sexe.

8

On l'avait prévenue.

Elle ne pouvait se plaindre auprès de personne, parce qu'on l'avait *prévenue*. Pourtant, se retrouver avec Cooper en proie à la fièvre d'accouplement allait lui faire atteindre le seuil de la saturation sexuelle.

L'intensité de la situation rendait le moindre contact d'autant plus érotique. Il avait été étonnamment silencieux depuis qu'ils avaient commencé à retirer leurs vêtements, mais cela importait peu à Amber.

Son langage corporel exprimait tout.

La pression de sa langue contre son sexe et son clitoris se faisait toujours. Son corps ressentait un besoin presque violent de répondre à l'appel du plaisir. Il répondait avec des « hé », et « oh » qui auraient ravi n'importe quel directeur de film pornographique.

Elle s'était demandé un instant s'il était possible d'atteindre l'orgasme rien qu'avec le titillement de ses tétons.

Amber ne doutait pas qu'un véritable record du paroxysme était en train de se faire lorsque Cooper passa à la vitesse supérieure et transforma sa langue et ses doigts en instrument de torture sexuel.

Il léchait assez son clitoris pour lancer des picotements le long de sa colonne vertébrale. Il jouait comme il le fallait avec son doigt à l'entrée de son sexe. Un autre tour avec sa langue. Il commença à se glisser à l'intérieur et à l'extérieur au ralenti, sans s'arrêter, jusqu'à ce qu'elle soit perchée au sommet d'une fusée, l'explosion imminente.

Tout s'arrêta.

Amber releva immédiatement la tête du matelas et lui grogna dessus.

— *Cooper*.

Un sourire amusé et diabolique déforma sa bouche.

— Je m'assurais simplement que tu gardais ton attention.

Elle n'eut pas le temps de le maudire. Il suça fort son clitoris, enfonçant ses doigts épais à l'intérieur de son sexe.

C'était comme si la plus belle des aurores boréales avait pris le contrôle de la pièce, commençant par son sexe, et se déplaçant à travers des ondes de couleur vive. Amber aurait pu jurer avoir entendu les lumières ondoyantes chanter.

Une fois qu'elle fut de nouveau capable de respirer, elle ouvrit lentement les yeux et regarda le grand ours installé entre ses cuisses nues. Peut-être aurait-elle dû avoir des regrets, ou avoir peur...

Lorsqu'elle regarda Cooper dans les yeux, avec son regard de braise et son sourire effronté, elle eut tout simplement hâte.

Une semaine de *ça* ? Une vie tout entière de *ça*, et plus encore ?

Elle signait tout de suite.

Il était temps de lui rendre la pareille. Amber se tortilla, prévoyant de se glisser sous son corps.

Au lieu de cela, elle se retrouva clouée au lit sous son poids. Cooper s'étira sur elle.

— Tu as bon goût, grogna Cooper.

Une seconde plus tard, il s'empara de ses lèvres à nouveau.

Elle voulait l'aider à se débarrasser du reste de ses vêtements. Elle voulait le guider en elle et soulager sa douleur, mais la patience de Cooper s'était envolée.

Amber se retrouva dans ses bras, maintenue. Ses genoux reposaient de chaque côté des hanches de Cooper, et son sexe complètement mouillé était sur son membre épais telle une couverture.

— Où sont tes vêtements ? voulut savoir Amber. *Quand* tes vêtements ont-ils disparu ?

— Ça t'importe vraiment ?

Bonne question.

Pas. Du. Tout.

Un nouveau picotement. Ou peut-être était-ce le contrecoup persistant de son premier orgasme. Avec le don de Cooper, le deuxième n'était pas loin.

Une seconde plus tard, il la fit se balancer plus fort qu'auparavant et le bout de sa verge s'imbriqua entre les lèvres de son sexe. Amber retint une exclamation.

Cooper gémit longuement et bruyamment. Elle ressentit chaque millimètre de la connexion grandissante entre eux.

Lorsqu'elle fut enfin entièrement appuyée contre les cuisses de Cooper, Amber gémit doucement à son tour.

— C'est si bon...

— Mm-hm.

Amber tenta de resserrer ses muscles internes et ne put s'empêcher de ricaner lorsqu'il jura et qu'il commença à haleter.

— Comme ça ? demanda-t-elle en recommençant.

Cooper glissa les doigts sous son menton et le releva.

— Problèmes.

— Parle pour *toi*. Bon... est-ce qu'on va rester assis là toute la journée, ou quoi ?

Elle aurait mieux fait de ne pas faire de commentaires et de garder son souffle pour affronter l'avalanche de jouissance à venir.

Cooper prit les commandes. Il la souleva délicatement et la reposa. Il rapprocha tant leurs torses que ses muscles abdominaux étaient à sa portée, à la merci de ses mains. Elle fit courir ses doigts le long de ses muscles et nervures et se pencha vers lui pour qu'ils entrent en contact. Le buste de Cooper se fondit presque dans ses seins, et les mamelons déjà sensibles d'Amber furent attaqués de plein fouet.

Sa verge faisait vibrer chacune de ses terminaisons nerveuses. Chaque impulsion semblait plus délibérée, plus profonde et plus intense. Il accéléra lentement jusqu'à ce qu'Amber soit au bord du gouffre.

Elle s'accrocha à son épaule d'une main, y enfonça ses ongles et fit glisser son autre main entre leurs corps. Elle joua avec sa queue, ce qui mouilla ses doigts. Elle les remonta légèrement pour les faire entrer en contact avec son clitoris.

Cooper raffermit encore sa prise. Si fort qu'elle sentit chacun de ses doigts s'enfoncer dans ses fesses.

— De quoi est-ce que tu as besoin ? grogna-t-il. Je veux ressentir ton orgasme.

— J'y suis presque. Presque. Encore...

Amber ouvrit les yeux et baissa le regard. Le corps musclé de Cooper et le sien étaient étroitement liés. Le torse nu de l'homme était luisant.

Les avant-bras de Cooper ondulèrent, il glissa une main

vers le bas et qu'il posa ses doigts par-dessus les siens pour reproduire ses mouvements et y appliquer davantage de pression.

Ces foutus avant-bras.

D'accord, ses doigts qui jouaient avec son clitoris et son membre épais y étaient également pour quelque chose, mais elle attribua à ses avant-bras le mérite de l'avoir aidée à atteindre l'orgasme.

Cooper s'introduisit en elle une dernière fois et la tint contre lui, sa queue profondément enfoncée en elle. Son orgasme l'enveloppa. Il rejeta la tête en arrière et rugit.

Plusieurs secousses se produisirent, l'une après l'autre. Chaque fois que le corps d'Amber se contractait, elle s'essoufflait un peu plus.

— Cooper ? Tu... n'as... pas... joui ? demanda-t-elle en prononçant un mot à la fois.

Elle était incapable de plus.

Il croisa son regard et lui sourit. Il lui offrit un sourire bienveillant et plein de douceur en retirant les cheveux de son visage. Il tourna lentement ses hanches. Son mouvement déplaça son membre en elle, et elle fut prise d'une nouvelle secousse.

Ils gémirent tous deux.

Il appuya son front contre le sien.

— J'ai joui. Et je recommencerai. Et encore. Et encore quelques fois après ça. Mais je n'ai pas besoin d'être en toi chaque fois.

Amber cligna des yeux. Sa « conversation très crue » avec ses amies avait évoqué ce point. Le sexe présentait de nombreuses saveurs, et elle aurait goûté à ses cinquante et une options avant la fin de la semaine si elle avait son mot à dire.

— Tout ce qu'il faudra pour te rendre heureux,

chuchota-t-elle. Vraiment. Je suis là pour toi, Cooper. Pour tout ce dont tu as besoin.

Il souleva son menton pour la scruter. Son visage était un contraste étrange de patience et de plaisir, si l'on tenait compte du fait qu'elle se trouvait encore ancrée en lui.

— Je... commença-t-il avant d'écarquiller les yeux et de jurer à voix basse. Oh, bon sang.

Amber s'arrêta. D'accord, tenir une conversation en étant assise sur une verge en érection était une nouvelle expérience pour elle, mais qu'à cela ne tienne.

— Quoi ?

— La contraception ?

Il avait l'air plutôt horrifié et inquiet, et elle s'empressa de le rassurer.

— C'est bon. Enfin, je veux dire, je prends la pilule, expliqua-t-elle en lui tapotant la poitrine. Allez. Je sais que les métamorphes n'ont pas de maladies sexuellement transmissibles, alors, pas besoin de préservatif, mais il faut quand même faire attention à la contraception. Tu pensais vraiment que je t'aurais laissé m'approcher sans t'en faire enfiler un ?

Il se détendit une seconde, puis quelque chose s'illumina dans son regard. Quelque chose de bien plus ardent et sauvage. Sa main remonta le long du dos d'Amber et il empoigna ses cheveux pour relever son regard au niveau du sien.

— Pourquoi est-ce que tu prends la pilule ?

Amber s'immobilisa. Cooper avait posé la question plutôt poliment, mais ce n'était pas sa voix. Son ours, ou le côté sauvage de lui-même sous sa forme humaine, n'était de toute évidence pas ravi.

Elle repensa aux avertissements de ses amies : la fièvre d'accouplement rendait les hommes extrêmement possessifs. Une partie d'elle n'avait pas envie de calmer le métamorphe ultra-sensible *à ce sujet*.

Elle attrapa Cooper par les oreilles. Elle n'avait que faire qu'ils soient encore intimement liés et n'y alla pas de main morte.

— Les préservatifs, ça ne fait pas tout. Je prends la pilule pour pouvoir avoir des rapports sexuels quand *j'ai envie* d'en avoir. Et j'ai envie d'en avoir avec toi, ou tout du moins, c'était le cas il y a encore quelques secondes. Tu peux continuer de gronder, ou tu peux passer à autre chose. C'est ton choix, l'ami.

On aurait dit une vague qui roulait sur le rivage pour effacer un fouillis de traces de pas. L'expression tendue sur le visage de Cooper se dissipa et, au lieu d'être en colère, il fut amusé.

— Quelle humaine téméraire, marmonna-t-il.

— Tu n'as pas idée.

— J'ai hâte de découvrir ça. Prépare-toi à ce que je passe à autre chose. Je prévois de profiter de la fièvre d'accouplement avec toi, et j'ai de l'énergie à revendre.

Cooper les pencha sur le matelas et s'éleva au-dessus d'elle.

Amber s'empara de ses épaules et s'y accrocha pour l'aventure de sa vie.

9

———

Cela faisait bien dix ans que Cooper prenait ses dispositions pour éviter la fièvre.

Il y avait eu des semaines où il était resté assis sous sa forme animale, tourmenté par la fièvre et les nuages de mouches noires, à se geler les fesses pendant des tempêtes de neige, complètement seul, mis à part les petites créatures qui frémissaient dans les bois et qui l'observaient avec appréhension.

Obtenir carte blanche pour faire tout ce qu'il voulait avec Amber ?

C'était le paradis.

Il se défoula sur elle pendant deux bonnes heures pour cette première manche, sans beaucoup parler.

Oh, ils communiquaient tout de même. Par le biais de cris, de hurlements, de gémissements et de halètements. Il aimait particulièrement les halètements qui venaient ajouter des « oh oui, oui, *ouiiiiiiiiiiiii* » à son prénom.

Amber n'était pas une femme particulièrement discrète, et Cooper n'aurait pu en être plus ravi.

Sa venue était ce qu'il y avait de plus important et c'est ce qui lui donnait vraiment l'impression d'être spécial.

— Comment as-tu su où je me trouvais ? demanda Cooper lors d'un moment de repos.

— Ton calendrier est connecté au mien, lui rappela-t-elle. Ça facilite les choses pour te traquer.

Il se cala sous son menton, l'enveloppa dans ses bras et l'attira à lui. Ils étaient encore nus, parce qu'il était loin d'avoir eu sa dose de peau à peau. Ce ne serait pas le cas avant un long moment, et certainement pas au cours de cette semaine.

— J'avais tous ces projets, avoua-t-il. Je suis content que tu sois là. Je suis *vraiment* content que tu sois là, parce que j'en avais véritablement envie. Je ne pensais pas que cela fonctionnerait entre nous avant au moins quelques années de plus.

Amber fit glisser la main de Cooper d'un endroit de son anatomie vers un autre.

— Tu as une liste à ce propos. Il faut l'imaginer avec des majuscules : «Choses À Faire Avant De Coucher Avec Amber». Tu veux en parler ?

Plutôt que de trouver ça mignon qu'elle évoque sa manie de mettre des majuscules partout, il sembla agacé.

— Ce n'est pas un coup d'un soir.

Amber se figea.

Merde.

— Ce n'est pas un coup d'un soir, répéta-t-il sans grogner cette fois. Toi et moi, on est en train de construire notre avenir pour toujours.

Elle relâcha la pression et acquiesça vigoureusement.

— Je me suis mal exprimée, désolée. Je sais également qu'il n'y a pas de garantie. Lara et Kaylee m'ont toutes les deux tout raconté de leur histoire avec James et Alex, et même si je...

Elle s'arrêta.

Eh merde. Cooper soupira, exaspéré. Il s'allongea sur le lit et fixa le plafond en réprimandant son ours intérieur.

Je te dérange ? Il n'est pas question de grogner au cours de cette conversation. Je croyais que tu devais me laisser tranquille pendant toute la semaine après avoir pris tes jambes à ton cou.

Interdit de parler d'autres hommes.

Elle a juste prononcé le prénom de mes frères.

Aucun autre homme.

Tu as besoin de disparaître et de me laisser m'occuper de ça.

Son ours souffla et se tut.

Cooper attira Amber au-dessus de lui. Il la plaça sur son dos pour que son corps soit en contact avec tout l'avant du sien. Cela laissait ses seins à sa disposition pour qu'il puisse les toucher et jouer avec. Ses lèvres caressèrent le lobe de son oreille.

— Bon, où est-ce qu'on en était ?

Amber rit.

— On parlait de la raison pour laquelle tu ne me sautais pas dessus chaque fois que l'on se voyait au bureau.

— C'est un bon point de départ. Tu travailles pour moi. Ce n'est pas une situation idéale pour commencer une relation.

— Je travaille pour le PDG des Joyaux Borealis. Sur le papier, je crois qu'il s'agit encore de ton père.

Cooper s'arrêta.

— C'est un abus de langage. Tu travailles pour moi. Tu viens juste de le dire, nos calendriers sont connectés.

— Si tu prévois de me virer parce que je t'ai fait des avances, tu te retrouveras avec une guerre sur le dos. Entre tes frères, ton grand-père et tous les chefs de service, comme ceux de recherche et développement, et les équipes de sécurité d'Alex, si tu ne fais *qu'essayer* de mentionner mon départ... commença-t-elle avant de se retourner et d'enfoncer les coudes dans la poitrine de Cooper. Arrête de me grogner dessus.

— Ce n'est pas moi, protesta Cooper. C'est mon foutu ours.

Amber fronça les sourcils.

— Tu n'arrêtes pas de parler d'autres types qui t'aiment bien. Il est jaloux.

— Il nous écoute ?

— Pourquoi ce ne serait pas le cas ? Il fait partie de moi, argua Cooper avant de se rendre compte que ça avait l'air un peu étrange. C'est... compliqué.

— Bien sûr que ça doit être compliqué, marmonna-t-elle doucement en appuyant son menton dans ses paumes. Cooper, les relations au bureau sont une mauvaise idée quand quelqu'un détient tout le pouvoir. J'aime travailler pour les Joyaux Borealis, et j'aime travailler pour toi. Notre relation n'a rien de la romance classique de bureau. Même en prenant en compte le fait que tu es un ours polaire métamorphe en pleine fièvre d'accouplement, je ne crois pas que qui que ce soit t'accusera de m'avoir contrainte à une relation.

— C'est si simple que ça ? demanda-t-il en caressant ses cheveux et en les laissant reposer sur son épaule. D'accord, tant que tu promets de ne jamais quitter les Joyaux Borealis pour travailler pour quelqu'un d'autre sans nous laisser te faire une contre-proposition pour augmenter tes bénéfices et ton salaire.

— Lara a déjà essayé de me voler et je lui ai dit non. Tu ne risques rien.

Il n'avait fait que plaisanter.

— Sérieusement ? Lara a essayé de te débaucher chez Minuit Inc. ?

— Oups, dit-elle en plaquant une main contre sa bouche avant de lui offrir un clin d'œil. Bon, passons à ton sujet de préoccupation suivant.

— Tu es une source d'ennuis, déclara Cooper, des papillons dans le ventre. Et tu es jeune.

Elle leva si haut les yeux au ciel que cela aurait suffi, mais elle enchaîna avec un immense soupir exaspéré.

— Je n'arrive pas à croire que tu essaies de jouer cette carte.

— J'ai trente-six ans, lui fit-il remarquer.

— Bravo.

— *Amber...*

— *Cooper...* répéta-t-elle sur le même ton. J'ai vingt-cinq ans. C'est plus jeune que toi, c'est vrai. Je suis suffisamment grande pour prendre mes propres décisions. En plus, les femmes mûrissent plus vite que les hommes, et les humains deviennent intelligents bien plus tôt que les ours métamorphes.

— *Hé* ! protestèrent en même temps Cooper et son ours intérieur.

Elle tapota sa joue.

— Ça veut juste dire que tu vas devoir manger tes légumes pour pouvoir grandir et être sur la même longueur d'onde que moi, le taquina-t-elle.

Elle adopta une expression solennelle qui fut bientôt remplacée par la tristesse.

— Je ne peux rien faire quant au fait d'être humaine. Toutes ces histoires pour trouver une façon de se transformer en métamorphe ne sont rien d'autre que des contes de fées.

— Ce n'est en aucun cas un problème, la rassura Cooper. Je n'ai rien contre le fait que tu sois humaine, et cela importe peu à mon ours.

Elle écarquilla un instant les yeux.

— Ça veut dire que je ne peux pas partager des activités avec toi de la même façon que Kaylee et James, ou Lara et Alex. Si l'on veut partir dans la nature...

— Alors, on trouvera une solution qui fonctionnera pour nous, continua Cooper en s'asseyant.

Il la rapprocha de lui pour pouvoir plus facilement la regarder dans les yeux. Il enroula sa main dans les siennes.

— Je ne suis pas mes frères, et tu n'es pas tes amies. Ce que nous partagerons, personne d'autre ne le partagera. Je connais une relation entre un ours polaire et une humaine qui a très bien fonctionné. Ce sont des personnes que j'admire énormément.

— Tes grands-parents, continua Amber en soutenant son regard.

— Oui. Et si l'on tient compte du nombre d'années depuis lesquelles ils sont ensemble, je suis plutôt certain que ce ne sera pas un problème que tu sois humaine.

Il voulait vraiment continuer à parler, mais cela faisait près de quinze minutes qu'il ne l'avait pas fait se tortiller. Avec la fièvre d'accouplement qui le brûlait, cela faisait bien quatorze minutes de trop.

De plus, elle semblait avoir gommé la plupart des éléments de sa liste de « choses dont il faut s'occuper » d'un seul coup.

Moins de vingt-quatre heures plus tard, Amber prit le contrôle de la situation en ce qui concernait la cuisine et les rafraîchissements. Elle était sortie de la douche avant lui et il ignorait comment, mais, lorsqu'il revint dans la pièce principale, elle tirait une énorme pile de boîtes à travers la porte.

— Qu'est-ce que c'est ? demanda-t-il.

Il se dépêcha de venir l'aider à transporter la charge et fredonna d'approbation lorsque l'odeur délicieuse des côtelettes de son grill préféré flotta dans l'air.

— Oh mon Dieu, tu as commandé à manger.

— J'ignore ce à quoi tu pensais lorsque tu as rempli le frigo, mais tu n'as même pas pris de quoi nourrir une souris, alors, ne parlons même pas de nous deux, déclara-t-elle en faisant un signe autoritaire vers le porche. Va chercher le reste.

Cooper ricana.

— Oui, madame.

— Ne joue pas au petit malin, le menaça-t-elle, ou je t'en ferai bouffer des « oui, madame ».

— Ah, des promesses, toujours des promesses.

Il mordit le petit pain qu'elle lui lança à la tête, le coinça entre ses dents et grogna vigoureusement en le secouant.

Amber l'ignora royalement.

Il se mit à transporter le reste des vivres et ne s'arrêta que lorsqu'elle le frappa avec son poing. Elle tenait un peignoir surdimensionné qu'elle avait trouvé quelque part.

— Enfile ça. J'aime beaucoup te voir nu, mais on ne voudrait rendre personne jaloux. Tu es tout à moi.

Il appréciait le caractère possessif de son commentaire.

Après avoir rempli leurs estomacs, il réfléchit à l'idée de la garder nue tout le temps et lui ordonna d'enfiler des vêtements.

— On a tous les deux besoin de sortir un moment.

Le soleil qui passait à travers les fenêtres de la cabane les appelait. Les quelques instants où il s'était aventuré dans l'air frais et vif de cette journée de décembre pour attraper les cartons avaient suffi à le sortir de la fièvre d'accouplement momentanément.

Cooper aimait être à l'extérieur. Même avec le travail de bureau, il passait en général deux heures par jour à se balader en portant sa fourrure. Si Amber avait été une bonne source de distraction, un peu d'air frais leur ferait du bien à tous les deux.

Tu veux étirer tes jambes ? proposa-t-il à son ours intérieur.

Ce dernier lui renvoya un intérêt prudent.

Ce ne serait pas briser ma promesse ?

En aucun cas. On se transforme pour être avec Amber, pas pour l'éviter.

Son ours haussa les épaules.

C'est toi qui décides des règles.

Cooper jeta un regard à Amber. Elle lui tournait le dos et se tenait face au miroir derrière la porte pour remettre en place son bonnet. Elle portait déjà ses bottes et son manteau. Des moufles chaudes dépassaient de sa poche.

C'était le moment parfait. Il se débarrassa de son peignoir et se transforma. Il s'étira nonchalamment pour relâcher la tension.

Amber pivota sur elle-même. Elle tomba alors à la renverse et hurla si fort que les vitres en tremblèrent.

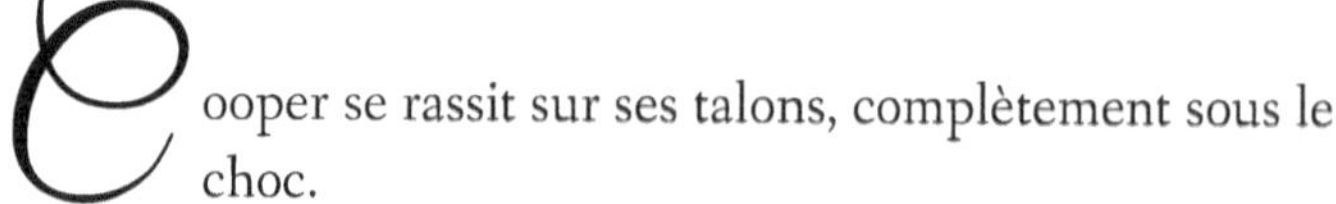

ooper se rassit sur ses talons, complètement sous le choc.

Amber finit par retrouver l'équilibre après un moment. Elle avait le dos appuyé contre la porte, la main sur la poitrine, comme si elle essayait d'empêcher son cœur de s'en échapper.

— Bon sang, Cooper. La prochaine fois, pense à me prévenir.

Il pencha la tête sur le côté et se demanda s'il devait se retransformer. Elle tremblait encore. Son cœur battait si fort qu'il pouvait presque l'entendre de là où il se trouvait. L'odeur de la peur contaminait l'air comme une balise de détresse.

À l'intérieur, son ours soupira lourdement.

Amber inspira profondément et leva le regard vers le ciel.

— Foutus métamorphes !

Elle ouvrit la porte et lui fit signe de sortir.

— Allez, Cooper. Allons prendre l'air.

Il se déplaça lentement pour ne pas lui faire peur à

nouveau. Une fois dehors, les choses semblèrent grandement s'arranger. Cooper marchait d'un pas lourd dans la neige pour tracer la voie et Amber le suivait. Elle était assez près pour qu'il ne ressente pas la secousse provoquée par la fièvre d'accouplement en cas d'absence de contact, mais assez loin pour ne pas lui marcher sur les talons.

Il ne poursuivit pas son idée de départ, qui était de jouer à un jeu à l'extérieur. Au lieu de cela, ils se contentèrent de marcher ensemble. C'était quand même agréable, mais une petite chose à l'intérieur de lui l'irritait. Puis, la fièvre d'accouplement rugit, et il ne fut plus capable de penser à rien d'autre qu'à la femme qu'il convoitait.

Cooper se transforma.

Amber s'exclama, surprise, et recommença lorsqu'il se baissa pour attraper son pantalon entre ses gros poings.

— Cooper ?

— Est-ce que c'est un oui ?

Elle acquiesça immédiatement, Dieu merci. Cooper se débarrassa aussitôt de ses vêtements pour pouvoir la soulever et la prendre sur place, ses bras et ses jambes enroulés autour de lui.

L'air hivernal vint fouetter la peau nue de Cooper, mais la chaleur émanant du sexe d'Amber créait un contraste saisissant. Elle hurla son nom, sans se soucier de l'endroit où ils se trouvaient.

Les quatre jours suivants passèrent rapidement, mais Cooper n'eut à aucun moment une sensation de précipitation. Ils prenaient de longues douches, suivies de moments de détente où il la séchait jusqu'à faire briller sa peau. Amber était une drogue qui l'appelait encore et encore.

Huit jours après le début de la fièvre, Cooper sut qu'ils

en étaient venus à bout. Ils se pelotonnèrent l'un contre l'autre sur la balancelle pour un dernier câlin avant de quitter la cabane. Amber, appuyée contre son flanc, s'était enroulée dans une grosse couverture. Sa tête reposait sur son buste et ils regardaient la clairière enneigée dans laquelle ils s'étaient promenés chaque jour.

— Cooper ?

Il appuya son menton contre le sommet de son crâne en guise de réponse.

Elle se remit en place pour pouvoir lever le regard vers lui.

— Que se passe-t-il avec la fièvre d'accouplement ? Je veux dire, tu es en train de te remettre de la partie de la fièvre, mais est-ce que quoi que ce soit a changé ?

Il avait craint cette question, parce que quelque chose clochait, c'était sûr. Rien ne semblait fonctionner comme prévu.

— J'ai adoré chaque minute passée avec toi, et ce n'est pas la fin, mais je ne ressens rien de différent par rapport au moment où ça a commencé.

— Nous savions qu'il n'y avait aucune garantie, répondit-elle catégoriquement. Peut-être ne suis-je pas destinée à être ta compagne.

Il fut pris d'un soudain accès de colère.

— Au diable ! Je n'en ai rien à faire de ce que la fièvre d'accouplement a à dire. C'est avec toi que je veux être. Un point c'est tout.

—Les accouplements, ça ne marche pas comme ça.

Il se redressa et l'attira complètement sur ses genoux. Il lui releva le menton et la regarda droit dans les yeux.

— C'est ce qu'on verra.

— Je sais combien il est important d'avoir une compagne. Lara et Kaylee m'ont expliqué ce que cela signifiait exactement, et je refuse de te laisser passer à côté de ça.

— Je ne vais passer à côté de rien du tout, parce que c'est toi ma compagne. Laisse-moi parler avec mon ours. Peut-être qu'il aura des idées.

Lorsque Cooper fit signe à son animal intérieur, il obtint une réponse.

Elle n'a pas de place pour moi.

Son explication n'avait aucun sens, mais il l'énonça avec une telle clarté que Cooper sut qu'il ne s'agissait pas d'un commentaire improvisé.

Tu as d'autres détails que tu voudrais partager ? Je veux qu'elle soit ma compagne. Elle dit vouloir la même chose. Aucun de nous deux n'empêche le lien d'accouplement de se créer. Ça veut dire que c'est toi...

Elle t'aime bien, confirma son ours.

Il parlait lentement, comme s'il s'exprimait à contrecœur. C'était un mal nécessaire.

Elle m'aime bien dans un environnement sûr, mais un ours, c'est sauvage. Elle doit m'aimer de cette façon, moi également.

Cooper commença à comprendre. Au fil des années, les réactions d'Amber lorsqu'elle se trouvait près de lui sous sa forme d'ours avaient été impossibles à ignorer.

Tu ne peux pas empêcher quelqu'un d'avoir peur de toi, fit remarquer Cooper. *Tu es une immense bête dangereuse.*

Son ours renifla.

Je le sais, et ce n'est que le problème secondaire. Le gros problème, c'est qu'elle n'a pas de place pour moi. Pas encore.

Tu es impossible à suivre. Après avoir dépensé toute cette énergie à m'embêter pour que je sois avec elle, et après n'avoir pas cessé de grogner cette semaine à la mention d'un autre homme, il est incompréhensible que tu ne veuilles pas d'elle en ce moment.

Je suis un ours. Je n'ai pas à être logique.

Cooper avait envie de secouer la bête, mais Amber le regardait, les larmes aux yeux, et il n'avait pas envie de prolonger son agonie. La seule chose dont il était certain, c'était qu'il avait envie d'effacer sa tristesse et de trouver une solution.

Il devait être honnête.

— C'est mon ours, l'obstacle.

Le visage de la jeune femme fut véritablement surpris.

— Oh. Il ne m'aime pas ?

Cooper hésita. Être honnête, ça craignait.

— Il a émis quelques réserves. La première, c'est que tu sembles avoir un peu peur de lui.

Amber le maudit à voix basse.

— Ce n'est pas que je pense qu'il va me faire du mal. C'est juste que la plupart des gens sensés craignent les créatures qui font près de cinq cents kilos de plus qu'elles. Ce n'est pas déraisonnable de faire preuve d'un tout petit peu de prudence face à une créature immense, avec des crocs et des griffes.

— Je suis parfaitement d'accord, répondit Cooper. On trouvera une solution.

Elle s'arrêta.

— Quelles sont ses autres réserves ?

— C'est compliqué. J'ai besoin de plus de détails.

Amber serra les épaules de Cooper et se rapprocha.

— Alors, obtiens ces détails. Ce n'est pas comme si j'allais quelque part.

Il l'embrassa d'abord, parce qu'il en avait besoin. C'était ce dont il avait véritablement *besoin*. Pendant quelques minutes, leurs soucis s'envolèrent et ils se complétèrent. En s'emparant de ses lèvres, il lui fit savoir sans le moindre doute qu'elle était parfaite pour lui.

Que c'était elle qu'il choisissait.

Elle avait les lèvres enflées et arborait un faible sourire lorsqu'il s'écarta d'elle.

— On trouvera une solution. C'est une simple faille dans le système. Un bug dans le programme. Un petit contretemps, la rassura-t-il.

— Un petit contretemps aux dimensions gigantesques, rétorqua-t-elle.

Son regard vint croiser le sien.

— Je te fais confiance, ajouta-t-elle.

Le frisson qui le traversa dépassait leur problème.

— Ça représente tout à mes yeux.

Amber sécha ses larmes. Son expression trahissait une détermination inébranlable.

—On va devoir dresser une liste. Parle avec cet ours borné et prends connaissance de tous les détails. On s'assurera ensuite que tout fonctionne.

11

---

*A*mber observait les provisions rassemblées dans le salon de Cooper.

— J'ignore comment je pourrai un jour te remercier d'avoir rassemblé tout ça si rapidement, dit-elle à Lara.

Son amie balaya son commentaire d'un revers de main.

— Tu sais que nous ferions n'importe quoi pour vous aider, alors arrête un peu avec ta reconnaissance insupportable et pensons au reste.

Dans l'angle le plus éloigné de la pièce, Cooper et ses frères étaient penchés sur un ensemble de cartes et menaient une discussion animée.

Kaylee glissa un bras autour d'Amber et serra fort son amie.

— Je pense exactement comme Lara. Plus vite l'ours de Cooper sera content, plus vite tu feras officiellement partie de la famille. J'adore être ta meilleure amie, mais je serai encore plus ravie de t'avoir comme belle-sœur.

— Idem, ajouta Lara.

Cette dernière leva le regard vers la personne qui venait de frapper à la porte et se tenait dans l'embrasure.

— Dixon. Tu as trouvé d'autres informations ?

Le loup métamorphe longiligne entra dans la pièce. Il offrit à son alpha une salutation courtoise et lança un clin d'œil à Amber.

— Mon contact m'a assuré avoir vu Mason. J'ai les coordonnées.

Dieu merci. Amber lui désigna le coin où les garçons se trouvaient.

— Montre-leur. Ils sont en train de réfléchir à l'aspect technique du voyage.

Elle inspira profondément et s'obligea à se calmer.

Après une semaine de bonheur sexuel, il avait été difficile de voir ses rêves anéantis si soudainement. Tout espoir n'était pas encore perdu. Lorsque l'ours de Cooper avait fini par cracher le morceau afin qu'ils comprennent tous, ils s'étaient rendu compte que son reproche énigmatique, à savoir « elle n'a pas de place pour moi », était lié aux recherches d'Amber pour son frère disparu.

Un poignard trouva son cœur. Elle avait beau avoir de merveilleuses chances de le retrouver, sa tristesse subsistait. Cela faisait des années qu'elle jonglait entre le chagrin et la peur d'avoir perdu la trace de son frère et de ne pas savoir ce qui était arrivé à sa famille d'accueil.

Chaque fois qu'elle commençait à douter de découvrir un jour ce qui était arrivé à ses parents adoptifs, l'espoir refaisait surface. Elle était peut-être idiote de croire qu'ils allaient tous bien, surtout après si longtemps, mais elle ne pouvait se débarrasser de ce sentiment. Le sentiment profond de savoir qu'ils étaient tous quelque part, encore là, et que tout allait bien.

Elle allait devoir vendre des parts à Optimistes & Co.

— J'ai besoin de retrouver Mason. Il y a bien plus en jeu. J'ai un peu peur.

Kaylee la prit dans ses bras pour la réconforter.

— Je comprends. Vraiment, je te promets. Je sais que c'est important pour toi, pour Cooper, et pour votre avenir. C'est important à cause de ton passé. Tu vas voir, tu vas y arriver. Aucun d'entre nous ne lâchera quoi que ce soit tant que vous ne pourrez pas vivre heureux jusqu'à la fin des temps.

Des jurons s'élevèrent du coin où se trouvaient les garçons. Amber et ses amies se tournèrent vers eux, une inquiétude grandissante.

— Quoi ? demanda Amber.

Cooper avait l'air sinistre.

— D'après les informations, on s'intéresse à une colonie de métamorphes au nord du lac Ghost.

— C'est bien, commença Amber avant de s'arrêter en remarquant que personne d'autre ne semblait se réjouir de cette nouvelle. Non ?

— Je ne peux pas t'emmener en avion là-bas, lui expliqua James sans détour. Entre les collines et le vent du lac, c'est trop dangereux. On ne peut pas s'y rendre ou en partir en avion.

— Ce serait un miracle d'y faire atterrir un avion, confirma Alex. La seule façon de s'y rendre, c'est en courant.

— Ou d'être tirée par des coureurs, suggéra James.

Confuse, Amber se tourna vers Kaylee.

— De quoi est-ce qu'ils parlent ?

Son amie semblait également inquiète.

— De nombreux villages de métamorphes ne sont pas accessibles par les airs. Ce qui représente plutôt un problème pour toi, à part si ça ne te dérange pas d'arriver uniquement au printemps.

Lara tira sur la manche de Kaylee pour attirer son attention.

— Et si elle utilisait un traîneau à chiens ?

— Ça pourrait fonctionner. Si Amber savait en conduire un. Oh, et si elle pouvait trouver un traîneau dont personne n'aurait besoin, et des chiens.

Elle eut soudain le sentiment de tout avoir sous contrôle.

— Un traîneau à chiens, ça pourrait fonctionner. Je sais exactement où trouver des traîneaux. Les Joyaux Borealis en stockent en plus pour l'une des équipes que nous avons parrainées pour l'Iditarod.

— Et les chiens de traîneau ?

Dans le coin de la pièce, Dixon se redressa et leva la main en l'air.

— Oh, oh. Choisis-moi, choisis-moi !

Alex sembla perdu l'espace d'une seconde avant de communiquer en silence avec Lara pour comprendre ce que Dixon voulait dire.

Puis, le frère de Cooper leva les yeux au ciel et marmonna :

— Foutue ouïe de loup.

Il croisa les bras sur la poitrine et se tourna vers le loup bien trop enthousiaste.

— Dixon Mallory, nous avons déjà parlé de ça. Le pack Orion doit cesser de se comporter comme des animaux. Tirer un traîneau n'est pas digne d'un métamorphe.

— Au diable la dignité, ce serait une expérience géniale ! répondit Dixon en souriant.

Alex appela Lara à l'aide, mais sa compagne haussa les épaules.

— Désolée de ne pas pouvoir t'aider, mon cœur, lui dit-elle. Je suis d'accord. Je serais tout à fait prête à jouer les chiens de traîneau pour Amber. Pas seulement parce que je la trouve super, mais aussi parce que ce serait une expérience géniale.

Alors qu'Alex luttait pour conserver une expression sévère, Dixon se faisait déjà à l'idée. Il donna une tape sur l'épaule de Cooper.

— Je peux monter une équipe de volontaires pour toi, sans souci, mec.

Il recula aussitôt et leva les mains pour se protéger. Cooper montrait les dents.

Très vite, cependant, son grognement se transforma en sourire et Cooper tendit une main à Dixon.

— Nous en serions vraiment très reconnaissants. Trouves-en assez pour deux traîneaux, et Amber et moi, nous vous revaudrons ça.

— Comme je l'ai dit, nous le faisons pour l'aventure, répondit Dixon en sortant son téléphone et tapotant rapidement sur l'écran. Laisse-moi parler avec mes gars.

Amber rejoignit Cooper de l'autre côté de la pièce.

Toute la conversation avait été rapide, mais il restait une zone d'ombre.

— Comment ça, deux traîneaux ? Tu viens avec moi ? demanda-t-elle.

Cooper s'immobilisa.

— Bien sûr que je viens avec toi. Tu ne pensais pas que j'allais te laisser traquer ton frère toute seule ?

— Je ne pensais pas que ton ours avait envie d'être avec moi, précisa-t-elle.

Le côté sauvage du jeune homme prit le dessus. Sa nature d'ours était toujours présente, indépendamment de la forme sous laquelle il se trouvait, mais elle était encore plus visible que d'habitude : Amber ne se trouvait pas face à un regard humain.

— Tu es encore à moi. Tu ne vas nulle part sans moi.

Amber se retint de sourire. Cooper avait l'habitude de se plaindre du manque de logique de son ours et elle comprenait désormais pourquoi.

Cela importait peu. Elle était amusée, et reconnaissante, et les deux parties de lui devaient le savoir. Elle l'entoura de ses bras et le serra fort contre elle. Elle enlaçait autant l'homme que l'ours.

— Je suis heureuse d'être à toi, et nous parviendrons à résoudre les choses pour pouvoir *tous* être heureux ensemble.

Était-ce déraisonnable de s'adresser à une partie de Cooper tout en s'accrochant à une autre ? S'aventurer dans le monde des métamorphes revenait à se défaire de nombreuses attentes.

Il fallut attendre le lendemain pour retrouver les traîneaux, déplacer toutes les provisions et se réunir avec le groupe de loups métamorphes que Dixon avait réuni.

Alex semblait encore un peu contrarié, mais il fit comme si ce n'était pas grave lorsqu'Amber lui demanda pourquoi il boudait.

— Il faut que j'oublie ça. Hier soir, cette foutue meute de loups a organisé une tombola pour savoir qui remporterait le privilège de t'accompagner.

Amber le serra fort dans ses bras.

— Je promets de ne pas leur dire que ce sont de bons chiens.

Elle resta seulement dans ses bras un instant ; Cooper, voyant cela, l'étreignit avec possessivité.

Lara lui répondit en pouffant de rire.

— Oh, tu peux les appeler comme bon te semble. Honnêtement, tu pourrais échapper à toute sanction en ce moment. Quelqu'un a même suggéré de t'ériger un autel à la maison de la meute. Amber, la déesse des activités d'hiver amusantes.

Elle eut droit à une autre surprise lorsqu'ils partirent à l'extérieur vers les traîneaux chargés : Kaylee et James étaient également présents. Ils se tenaient dans la neige en peignoir. Ils attendaient de se transformer et de se joindre au groupe.

— Qu'est-ce que vous faites ? leur demanda Amber. Je croyais que vous deviez vous occuper de mon travail pendant que je partais en vadrouille.

Une voix familière répondit dans leur dos.

— J'occupais la fonction de secrétaire du PDG, à l'époque. Je suis capable de garder sous contrôle notre cher patron pendant que tu pars à la recherche de ta famille.

Amber se retourna et découvrit que les grands-parents de Cooper se tenaient là. Le bras de Giles était autour de Laureen.

— Madame Borealis ?

— Est-ce que ce n'est pas un poil trop cérémonieux, ma chère ? Lorsque Kaylee m'a raconté ce qui se passait, Giles et moi-même avons proposé notre aide aussi longtemps que vous en auriez besoin.

La femme s'avança et releva la capuche d'Amber sur sa tête. Elle glissa ses cheveux à l'intérieur. Ce geste très attentionné, digne d'une grand-mère, fit presque tomber Amber à la renverse.

— Tu as besoin de tes amis pour te lancer dans ce voyage. Ne t'inquiète pas pour nous. Nous nous occuperons de tout.

Grand-père Giles s'avança également. Ses yeux scintillaient, comme toujours.

— Il ne sert à rien d'insister lorsqu'elle a une idée en tête. Dieu sait que je ne m'y risquerais pas.

Il se pencha en avant et embrassa Amber sur la joue, puis il foudroya Cooper du regard. Ce dernier s'était avancé par instinct.

— Tu n'as pas intérêt à grogner sur ton grand-père.

Cooper sourit de toutes ses dents et accompagna son sourire d'un grondement.

— Merci pour votre aide.

Amber se tourna vers Kaylee. Son amie lui sourit et s'avança pour la prendre dans ses bras.

— Je pense exactement comme Mamie Laureen. Tu as besoin de tes amis avec toi. Dixon avait raison. Partir à l'aventure à travers la toundra, ce sera une expérience sacrément géniale.

Elles rirent toutes les deux et le groupe se joignit à elles.

Comme s'ils l'avaient invoqué, Dixon apparut près d'elles en soupirant de bonheur.

— C'est vraiment trop bien. Il nous manque un hymne. Quelque chose pour s'échauffer avant de se donner à fond dans la course.

D'autres membres de la meute se rapprochèrent, attirés comme des mouches par l'enthousiasme de Dixon.

— Ça peut se retourner contre vous. C'est le cas de ces chansons qui vous trottent dans la tête. Une fois qu'elles vous viennent à l'esprit, c'est tout ce à quoi vous pouvez penser pendant des heures.

— Une fois, j'ai eu cette chanson de *Shrek* dans la tête. Vous savez, celle avec « rock star » et...

Les yeux des loups reflétèrent leur panique lorsque Dixon se mit à fredonner l'air entraînant.

— Il est terrible, chuchota une Amber admirative à son compagnon.

Elle se demandait comment le jeune homme avait survécu si longtemps.

Soudain, tout autour d'eux, les personnes se dénudèrent. Amber chercha un endroit sûr où porter le regard. Les loups se glissèrent dans leurs harnais adaptés aux métamorphes. Ceux-ci leur permettraient de se détacher lorsqu'ils souhaiteraient se libérer. Les derniers paquets étaient en train d'être attachés aux traîneaux.

James et Kaylee se transformèrent et le lynx fonça droit sur son acolyte. Cela aurait pu sembler terriblement imprudent, vu qu'il était bien plus grand qu'elle.

Comme toujours, James était gentil et docile avec sa compagne. Il se laissa volontairement tomber sur le dos, les pattes en l'air, pour que Kaylee puisse faire la toilette à son visage.

Toutes ces personnes étaient réunies pour l'aider. Pour les aider, elle et Cooper. C'était un moment plein de vie et de rires. Derrière ça se cachait une tristesse persistante.

Elle gardait espoir.

Amber pivota vers le gentil géant qui terminait d'inspecter son traîneau. Cooper abandonna sa tâche pour revenir à ses côtés et la coller à lui dans une embrassade digne de l'ours immense qu'il était.

Il frotta leurs nez l'un contre l'autre.

— Tu es prête ?

Elle lui offrit un baiser passionné. À travers ce baiser, elle lui transmit tous les sentiments qui s'étaient fait une place dans sa poitrine ces dernières heures, ces derniers jours, ces derniers mois et ces dernières années, en toute honnêteté.

Elle avait des mots doux sur le bout de la langue, mais elle les retint. Eh non, une meute de loups qui hurlait et sifflait, ce n'était pas le meilleur public pour sa première déclaration d'amour à Cooper.

Elle l'aimait.

Elle pouvait bien retenir les mots, ce sentiment ne s'envolerait pas. Il la réchauffait de l'intérieur. Amber remarqua avec joie que Cooper arborait un regard vitreux et semblait aussi rêveur qu'elle.

— Avec toi ? Je suis prête à n'importe quoi.

12

Il s'était tout d'abord inquiété. C'était bien naturel.

Il aurait dû savoir qu'Amber ne lui avait pas jeté de la poudre aux yeux en disant qu'elle était capable de conduire le traîneau à chiens.

Ils avaient quitté la ville aussi vite que possible et avaient trouvé un itinéraire dégagé vers le nord-ouest. Amber ouvrait la voie. Lara dirigeait le rang de loups qui hissait le traîneau vers l'avant. Ils étaient encore en territoire familier pour la meute Orion. Cooper ne s'inquiétait pas le moins du monde qu'ils perdent la piste. Pas avec sa belle-sœur pour les guider.

Il établit la connexion entre son casque et celui d'Amber.

— Tu t'occupes très bien du traîneau.

— J'ai pris des leçons au printemps. Je ne pensais pas que ça me serait utile si vite, mais, en effet, je sais ce que je fais.

Elle regarda par-dessus son épaule. La communication grésilla, mais elle continua.

— Tu ne te débrouilles pas trop mal, toi non plus. Tu en fais souvent ?

— Mamie a insisté pour que nous apprenions les techniques de survie avec mes frères. Comme elle le dit si bien : « même vous autres les ours polaires, apparemment indestructibles, vous pourriez avoir besoin d'autres moyens de transport de temps à autre ».

— C'est elle qui m'a offert les cours. C'est quelque chose qui lui tient à cœur, nota Amber avec le sourire. J'aime bien ta grand-mère.

— C'est la tienne aussi, maintenant, insista-t-il.

Puis, il changea de sujet :

— Est-ce que tu as assez chaud ?

— Si ce n'est pas le cas, je n'ai qu'à courir un peu plus et ne pas autant me laisser porter par le traîneau.

Cooper admira le paysage qui se dévoilait. La neige était fouettée par le vent et ils avaient atteint un endroit qui leur permettait de voyager côte à côte.

Les loups qui n'étaient pas attachés aux cordes couraient au loin et revenaient. Ils avaient la langue qui pendait hors de la gueule et souriaient de pur bonheur. James et Alex couraient, eux aussi. Leur silhouette d'ours patauds offrait un contraste saisissant avec les loups élancés et le lynx gracieux qui évoluaient en même temps.

Cooper regarda Amber, mais cette dernière était concentrée sur sa tâche. Elle ne semblait pas le moins du monde effrayée ou intimidée d'être entourée par un escadron entier de métamorphes sous leur forme sauvage.

Elle se débrouille bien !

Bien sûr que oui. Tu dois arrêter de t'imaginer que je crois qu'elle ne nous convient pas. Elle n'est juste pas prête pour nous, c'est tout.

Elle est drôlement disposée à se plier en quatre, pour

quelqu'un qui n'est pas prêt, répondit Cooper, un brin agacé.

Il avait beau comprendre combien il était important de trouver le frère d'Amber, tout ce retard sur l'accomplissement de leur lien d'accouplement laissait un filet de frustration se glisser sous sa peau. Comme si l'impossibilité de terminer les choses empirait d'une certaine façon la situation.

Son ours disparut et Cooper se reconcentra sur la tâche à accomplir.

Ils s'arrêtèrent quelques fois pour laisser tout le monde se reposer et relayer les loups qui avaient besoin d'une pause.

Et pour manger. Tout le monde avait besoin de manger.

Le temps était avec eux. Le ciel était bleu et quelques nuages s'étiraient, comparables à des rubans sur la vaste étendue. Le froid vif rendait chaque inspiration rafraîchissante et revigorante. C'était un jour merveilleux pour partir en excursion. Avec tout le monde qui les accompagnait, cela ressemblait plus à une fête qu'à une mission d'importance capitale.

Amber sortit des provisions de son traîneau et les distribua. Elle s'aventura avec calme au milieu de la meute, parmi les loups. Lara et Kaylee s'étaient retransformées et rhabillées en vitesse pour se protéger du froid et venir l'aider. James et Alex s'étaient transformés eux aussi, et étaient venus rejoindre Cooper. Ce dernier préparait un repas pour tous ceux qui n'étaient plus sous leur forme animale.

Ils ne s'arrêtèrent jamais très longtemps, cependant ils eurent tout de même besoin de la plupart de la journée pour parcourir la distance jusqu'au petit village.

Ils arrivèrent au niveau de la clairière au milieu de la place, où ils furent accueillis par un comité de bienvenue.

Une femme âgée lorgna le groupe avec curiosité.

— Bienvenue. Je suis la chef Starling. Vous recherchez un endroit où dormir ?

Amber répondit :

— Peut-être. Je cherche à retrouver mon frère, Mason Myawayan. Nous avons entendu dire qu'il pouvait être passé par ici.

La femme fronça les sourcils.

— Je crois me souvenir de ce nom, mais cela fait longtemps.

Cooper passa son bras autour d'Amber et appuya dessus pour l'encourager.

— S'il est passé par ici, nous pourrions peut-être trouver où il est allé ensuite. Si vous aviez la possibilité de vérifier vos registres, nous vous en serions reconnaissants.

Un groupe d'enfants tenait une conversation à voix basse. Ils observaient, fascinés, chaque membre de la meute de loups se glisser hors de son propre harnais et trotter derrière les locaux qui les guidaient vers des endroits où passer la nuit.

C'est alors qu'une petite fille s'avança et qu'elle glissa sa main dans celle de la vieille femme. Elle leva le regard vers elle et attendit qu'elle l'autorise à prendre la parole.

La femme lui sourit et se retourna vers Amber.

— C'est ma petite-fille, expliqua-t-elle en regardant la fillette. Est-ce que tu te souviens de quelque chose, Jessie ?

La fille fit signe que oui.

— Je peux vous montrer. Je crois que c'était lui.

Jessie prit alors la main d'Amber dans la sienne et, au grand étonnement de Cooper, elle attrapa également sa main sans hésiter. Elle les tira tous deux vers ce qui semblait être une maison de rassemblement commune.

— C'était il y a longtemps, mais je me souviens de lui parce qu'il avait les mêmes yeux rieurs que toi. Ici.

Elle illustra ses paroles en tapotant le côté de sa tête.

— Comme si son bonheur nous illuminait tous, ajouta Jessie.

La petite fille s'arrêta devant la porte d'un grand centre communautaire, puis elle les guida dans une salle de jeux.

Cooper suivit Jessie vers une étagère de laquelle elle sortit un carnet d'artiste. À l'intérieur se trouvaient plus d'une douzaine de croquis des enfants de la communauté. Certains les dépeignaient en train de jouer, d'autres, en train de travailler avec leurs familles.

Ils étaient tous signés du nom de Mason et datés d'environ un an plus tôt.

Amber fit courir un doigt sur la page.

— Il était ici. Et c'est vrai, il a des yeux rieurs, dit-elle à Jessie avant d'ouvrir ses bras pour un câlin. Merci de me les avoir montrés. Ça me donne l'impression d'être plus proche de lui.

La petite fille accepta l'étreinte d'Amber et la lui rendit.

Cooper regarda Amber fermer les yeux. La jeune femme semblait puiser des forces dans cet échange plein de douceur.

Il fallut près d'une demi-heure de plus pour que tous les loups trouvent de quoi se doucher et s'habiller. Tout le monde se rassembla pour discuter de la suite.

— Mes enfants ont vérifié les registres pour voir si l'on mentionnait les projets de Mason. D'après ce qu'on sait, il aurait pris la route commerciale au nord-est vers la côte arctique. Il a promis de livrer des paquets à des membres de notre famille en chemin, précisa la chef Starling en appuyant ses coudes sur la table. Je peux vous proposer la même aide que nous lui avons offerte. Des motoneiges et des adresses où vous approvisionner.

Cooper prit la parole :

— Combien de temps dure le voyage pour s'y rendre ?

La vieille femme y réfléchit.

— Une semaine ? Peut-être quelques jours de plus ou de moins selon le temps.

Cooper se retourna vers Amber et fit abstraction des murmures de fond à mesure que l'information parvenait aux loups.

— Si tu veux continuer, j'irai avec toi, mais je ne crois pas que l'on puisse attendre que tous nous accompagnent.

Elle entrelaça ses doigts à ceux de Cooper, qui étaient appuyés sur ses cuisses.

— Je le sais bien. C'est merveilleux qu'ils soient ici, mais tant que tu viens avec moi, ça ira.

Il leva leurs mains jointes et embrassa ses doigts.

— Bien sûr que je viendrai avec toi. Il n'a jamais été question du contraire.

— Ça aussi, je le savais, répondit-elle.

Elle serra fort ses doigts et se retourna vers la chef du clan :

— Votre offre est très généreuse, et nous en sommes très reconnaissants.

La chef Starling tapa des mains pour attirer l'attention du groupe rassemblé.

— Vu que vous passerez la nuit ici, j'imagine que nous devrions organiser une fête. Est-ce qu'il y a des volontaires pour nous aider à préparer ça ?

Elle fut assaillie par les loups et leur indiqua une bonne dizaine de directions différentes.

Cooper se retrouva seul avec ses frères lorsque Kaylee et Lara lui volèrent Amber.

Alex prit la parole.

— C'est exactement ce que je pensais que tu ferais à un moment ou un autre. Partir en pleine nature, à la recherche de réponses.

— Je ne pensais pas que tu le ferais avec une humaine, ajouta James. Amber est parfaite pour toi. J'espère que ça fonctionnera.

Cooper lui serra la main et lui offrit une tape dans le dos. Une de celles qui ne se donnaient qu'entre frères. Elle était presque assez forte pour lui décoller les poumons.

— Bien sûr que ça marchera. Maintenant, va t'assurer que les loups d'Alex ne font pas de bêtises.

— Pourquoi est-ce que ça devient *mes* loups lorsqu'ils sont vilains ? Pourquoi est-ce que ce ne sont pas les loups de Lara ? se plaignit Alex.

Dès que James s'en alla et qu'ils se retrouvèrent seuls, Alex prit soudain un air sérieux.

— Est-ce que tu te sens bien ?

Quelle question tout à fait singulière.

— Plutôt. Je suis certainement en meilleure forme que toi, vu que j'ai eu la chance de conduire un traîneau aujourd'hui au lieu de courir comme un dingue.

Alex secoua la tête.

— Ce n'est pas ce que je voulais dire. Comment va ton ours ? J'avais effectué des recherches sur le lien d'accouplement lorsque j'avais joué les idiots et que j'avais failli tout gâcher avec Lara. J'ai fini par tomber sur une piste qui m'a mené vers des informations plutôt inquiétantes. Je n'ai pas abordé le sujet plus tôt parce que j'espérais que nous trouverions immédiatement Mason et que tout s'arrangerait, mais on dirait qu'une longue route vous attend.

Cooper prit ses paroles en considération. Il ressentait encore cette démangeaison électrique sous la peau. C'était la seule chose qui était inhabituelle.

— Mon côté ours a ses raisons de repousser l'accouplement et je ne peux pas le lui reprocher. Nous essayons de régler ça aussi vite que possible.

Son frère baissa la voix.

— Fais juste attention. D'après ce que j'ai lu, lorsque c'est le métamorphe qui met un frein et que cela dure top longtemps, deux choses peuvent se produire. Soit ce sera lui qui prendra le contrôle absolu, soit ce sera à toi de le faire. À titre permanent.

Oh mon Dieu.

— Est-ce que tu veux dire... ?

— Si tu ne termines pas le lien d'accouplement à temps, tu pourrais te retrouver coincé en ours. Ou tu pourrais devenir humain, sans jamais plus pouvoir te Plus tu attendras, moins tu auras la possibilité de faire ton choix.

13

———

*L*a soirée passa à toute vitesse, et Amber sourit.

Il y avait à manger, à boire et de quoi danser. Certains membres de la meute de loups Orion semblaient bien décidés à faire les trois choses en même temps, et aller sur la piste de danse était plutôt dangereux.

Ses amies étaient là, et les rires et l'esprit chaleureux de cet instant étaient d'autant plus beaux au vu du bonheur de Kaylee et Lara. Elles se relayaient toutes les deux pour danser avec leurs compagnons, et l'expression béate sur le visage de James et Alex, qui ne lâchaient pas leur compagne des yeux, faisait grandir l'espoir dans le cœur d'Amber.

Lorsque ce fut à son tour de se retrouver dans les bras de Cooper, le moment fut quasi parfait.

Elle soupira joyeusement et appuya sa joue contre son buste lorsqu'il la guida sur la piste.

— Pour une personne si petite, tu fais un sacré bruit, la taquina Cooper.

Elle leva le regard et sourit.

— Je croyais que tu aimais ça chez moi, que je sois bruyante.

Le regard du jeune homme brûla de désir et, l'instant d'après, ils quittèrent la salle de rassemblement. Il la portait sur l'épaule et elle avait le visage rouge écarlate. Malgré les sifflements qui les suivirent, elle n'en avait rien à faire.

Encore moins lorsqu'il trouva la chambre qu'on leur avait attribuée, qu'il lui retira ses habits et qu'il commença à lui faire l'amour avec tendresse.

Lorsqu'ils eurent fini et qu'ils respiraient tous deux encore difficilement, Cooper vint l'envelopper et la serrer fort contre lui. Il caressa ses cheveux et la pelota comme s'il en voulait encore plus.

— Tu es vraiment prête à partir dans la nature ? Rien que nous deux ? demanda-t-il doucement.

Amber roula sur le côté et leva le regard vers les tréfonds luisants de son regard bleu profond.

— Certains côtés me font peur, mais pas d'être avec toi. Et je le ressens, ce sentiment qui me fait penser que tout ce dont nous avons besoin se trouve tout près. Je refuse de renoncer à nous, Cooper.

— Je ne le ferai pas non plus. Rien ne pourra m'empêcher d'être avec toi pour l'éternité. Je me fiche de ce que cela demandera, ou des sacrifices qu'il faudra faire, nous *serons* ensemble.

Elle garda le sourire. Il avait l'air si dramatique à cet instant, bien loin de l'avocat logique et méthodique qu'elle avait côtoyé depuis tant de mois.

— Essayons d'éviter les sacrifices, d'accord. Pour que ce soit clair, oui, je sais comment on conduit une motoneige. Une autre compétence obtenue auprès de mes parents adoptifs.

Cooper se releva sur un coude.

— Ils avaient l'air d'être plutôt incroyables.

— Ils *sont* incroyables, corrigea-t-elle. Dès que l'on

retrouvera Mason, il pourra nous en dire plus. Je ne crois pas qu'ils soient vraiment partis, je ne le crois vraiment pas.

Il arbora un sourire éclatant.

— Tu es si optimiste. C'est une qualité. Chercher l'espoir. Avoir l'impression que les choses se passeront bien.

Elle fit glisser ses doigts le long de son torse. Elle le titilla et le caressa, tout simplement parce qu'elle en avait la possibilité.

— *Savoir* que les choses se passeront bien. Tu sais conduire une motoneige ?

Il acquiesça. Amber eut la vague impression d'en connaître la raison.

— Mamie Laureen ?

— Bien entendu. Grand-père aussi, mais lui avait l'habitude de courir à côté d'elle sous forme d'ours lorsqu'elle utilisait la motoneige. Nous faisions des courses de slalom contre elle, et nous perdions la plupart du temps. Cette femme n'a peur de rien.

Cooper continua de parler tard dans la nuit. Il partagea des histoires sur sa famille et ses grands-parents. Des moments avec ses frères à faire des bêtises et tout le temps qu'ils avaient passé à grandir ensemble.

Il avait l'impression de partager tout ce qui était important pour lui et les mots ne cessaient de s'échapper de sa bouche.

Amber n'avait pas envie de l'interrompre. Elle se contenta de s'accrocher à lui, de l'écouter et de plonger dans ses histoires. Elle s'endormit au son des paroles chuchotées par Cooper au sujet de l'amour, de la famille et des choix.

Un vent froid les accueillit au matin lorsqu'ils se préparèrent pour la prochaine étape de leur voyage, qui commençait avec les adieux.

Kaylee la serra dans ses bras.

— Soyez prudents et appelez-nous dès que vous le pourrez. J'espère que tu retrouveras bientôt Mason.

— Merci. Courez vite sur le trajet du retour. Vous ne voudriez pas souffrir d'engelures.

Lara surprit Amber en la serrant fort dans ses bras. Elle lui ébouriffa les cheveux et lui remit son bonnet.

— Ça ira pour nous. Nous avons de gros ours polaires à câliner s'il fait trop froid.

— Mon mignon petit bébé poilu est la plus grande bouillotte rêvée, souligna Kaylee en regardant Amber. N'oublie pas ça. S'il fait trop froid, dis à Cooper de se transformer et utilise-le comme chauffage personnel.

— C'est plus simple que d'ouvrir le ventre d'un *tauntaun*, comme dans *Star Wars*, approuva Lara.

— Et ça sent bien meilleur, répondirent Amber et Kaylee en chœur avant d'exploser de rire.

Cooper dit au revoir à ses frères qui se trouvaient près de la meute de loups. Il attendit patiemment que Dixon eût terminé son câlin excessif et serra ensuite la main d'Alex d'une façon étrangement solennelle.

Ils remercièrent une dernière fois les villageois et la chef, et Amber et Cooper partirent. Leurs motoneiges glissaient sur le voile blanc scintillant qui s'étendait à perte de vue.

Le soleil jouait à cache-cache derrière les nuages. Lorsqu'il apparut, Amber était contente d'avoir ses lunettes de ski qui la protégeaient du reflet éblouissant sur toutes les surfaces qui l'entouraient. Elle avait l'impression de se trouver à l'intérieur d'un bol brillant et que les rayons de lumière se reflétaient sur tous les angles.

Peu après midi, ils tombèrent sur la première station de ravitaillement. Ils firent le plein de leurs engins et s'arrêtèrent un peu plus loin sur la route. Un large tronçon de la rivière zigzaguait d'avant en arrière, entièrement recouvert de glace. Dans l'angle, plusieurs trous avaient été percés dans la surface glacée. Quelqu'un avait pêché sur la glace récemment.

Cooper regarda la rivière glacée avec une nostalgie manifeste. Amber rit.

— Parfois, on peut lire en toi comme dans un livre ouvert. Tu avais envie de t'arrêter un peu ?

Il se redressa, surpris.

— Ce n'est pas nécessaire. Cela nous ralentirait trop.

— Je ne crois pas que nous soyons en plein dans une course contre la montre. Soit Mason sera là lorsque nous arriverons, soit il ne le sera pas. Rien ne dit que nous ne pouvons pas voyager à la vitesse qui nous convient. Donc, pourquoi est-ce que tu ne pêcherais pas ? Cela nous fera économiser une partie de nos réserves de nourriture un jour de plus.

— Je pense que nous ne devrions pas trop traîner, mais tu as raison. Cela nous ferait faire des économies de nourriture. Il faudra que je me transforme, ajouta-t-il en la regardant.

Et voilà. Depuis qu'il lui avait fait peur à la cabane, Amber avait attendu l'opportunité d'aborder le sujet.

Elle envahit aussitôt son espace personnel, posa les poings sur les hanches et le regarda droit dans les yeux.

— J'avais compris que tu te transformerais. Je ne crois pas que tu sois plus doué que moi pour les attraper à mains nues, et je ne me rappelle pas avoir emporté de matériel de pêche.

Il retira lentement son manteau et le déposa sur le siège de la motoneige.

— Je ne veux pas rendre les choses plus difficiles pour toi, c'est tout.

— Peut-être que si ton ours et moi, nous sommes un peu mal à l'aise en présence de l'autre, c'est en partie parce que nous n'avons jamais eu l'opportunité de nous *mettre* à l'aise. Tu y as déjà songé ?

Il s'immobilisa

Il pencha la tête et, soudain, son ours observa Amber. Ses yeux avaient légèrement changé et dévoilaient la partie la plus sauvage de lui-même.

Elle porta une main au visage de Cooper, là où sa barbe rêche commençait déjà à apparaître.

— Je n'ai pas peur de toi, dit-elle doucement, mais distinctement. Je fais attention, ce n'est pas la même chose que d'avoir peur. Peut-être que si nous passions plus de temps ensemble, cette prudence disparaîtrait.

Amber aida Cooper à retirer sa chemise. Cette fois, ils n'étaient pas mus par des pulsions sexuelles. Non, elle était déterminée à en savoir plus au sujet des deux faces de l'homme merveilleux qu'elle voulait dans sa vie.

Elle restait incapable de comprendre comment les métamorphes pouvaient être pieds nus dans la neige sous un vent glacial.

Elle ne lâcha pas Cooper des yeux lorsqu'il chercha son regard une nouvelle fois. Il acquiesça, comme s'il était d'accord, et puis...

C'était indescriptible. Ce moment de transformation d'un être humain en animal. La magie semblait en effacer les formes. Cooper était donc homme et ours, rien de tout ça à la fois.

Lorsque la magie termina d'opérer, un immense ours polaire aux yeux bleus s'assit à seulement quelques mètres d'elle, tout à fait immobile.

Amber avait beau vouloir prouver qu'elle acceptait les

deux côtés de cet homme, il fallait bien avouer qu'il était *immense*.

Une grande tête, de grandes pattes. Un grand corps qui s'installait maintenant sur la glace en appuyant son menton entre ses pattes avant. Il la regarda.

Dans l'attente.

Amber s'avança et se baissa assez pour pouvoir brosser de la main l'épaisse fourrure sur le haut de sa tête et de son cou. Doucement, elle explora tout son corps et s'habitua à la sensation de la fourrure sous ses doigts. Elle calcula à vue d'œil la taille de son torse et décida qu'en cas de besoin, elle pourrait probablement voyager sur son dos.

— D'accord. Je n'ai aucune envie de faire un bras de fer avec toi sous cette forme, mais je comprends pourquoi les filles trouvent leur compagnon mignon.

Cooper releva la tête, son regard trahissant une désapprobation.

— Désolée, mais c'est vrai. Je veux dire, tu es également intimidant et imposant, et tu es un redoutable prédateur, *grrrr*, les grognements et tout ça, mais mon Dieu, qu'est-ce que tu peux être mignon.

Les dents aiguisées de l'ours apparurent.

Amber s'y attendait. En dépit de son rythme cardiaque, elle savait qu'il ne faisait que plaisanter.

— Ne me prends pas par surprise, c'est tout. Ou je risque de te sauter dessus.

Cooper l'ours leva les yeux au ciel si haut qu'il se retrouva sur le dos, ses jambes remuant dans les airs.

Amber fit preuve de courage et se glissa près de lui. Elle s'appuya contre son flanc et rit.

Leurs liens grandissaient.

14

———

*C*ooper était éperdument amoureux.

Il se trouvait enfoncé jusqu'aux genoux dans l'eau de la rive où Amber lui avait ordonné d'aller à la pêche. Dans l'ensemble, il était tout à fait ravi du développement des dernières minutes.

N'est-elle pas géniale ? demanda-t-il à son ours.

La créature gronda un peu, légèrement distraite par les poissons qui fonçaient sous la surface. Elle ne voulait pas admettre la vérité.

Allez. Avoue-le. Amber est géniale, et elle a vraiment assuré quand elle s'est retrouvée avec ton gros derrière poilu.

Peut-être y avait-il une façon d'accélérer le statut de leur accouplement avant que l'un des graves problèmes mentionnés par Alex se produise.

Je l'aime bien, confia son ours. *Elle essaie, mais elle a besoin de trouver son frère. Sinon, elle va passer tout son temps à se demander où est sa famille plutôt que de faire partie de la nôtre.*

Là encore, Cooper ne pouvait contredire sa logique. Ce qui était frustrant, vu que son ours était tout sauf logique.

Pendant quinze minutes, il s'abandonna à son autre côté et prit un grand plaisir à chasser le saumon argenté. Une fois qu'il en eût rassemblé une belle sélection, il s'assit et attendit de voir ce qu'Amber allait faire.

Elle l'avait observé pêcher. La jeune femme se pencha au-dessus du tas de poissons qui tremblaient encore sur la rive et hocha la tête en direction de Cooper.

— Très belle pêche. Bien joué.

D'accord, elle est plutôt mignonne quand elle essaie de me lécher les bottes, concéda son ours.

Ce fut là que cette maudite créature ressentit le besoin de se secouer.

Un cri d'effroi échappa à Amber. Lorsque Cooper se ressaisit et se changea en humain, elle le fusilla du regard. De l'eau coulait du bout de son nez et des extrémités de ses manches.

Il haussa les épaules.

— Oups ?

Amber leva les yeux au ciel et se secoua, sans grand succès d'après lui.

— Très bien. Habille-toi et aide-moi à m'occuper du poisson.

Cooper se rendit alors compte que, malgré tout l'entraînement sous forme humaine que leur grand-mère avait insisté pour leur donner à lui et ses frères, certaines connaissances lui manquaient. De plus, lorsqu'il s'empara d'un poisson pour aider Amber à le nettoyer, il n'avait pas la moindre idée de ce qu'il devait faire.

Amber l'avait observé aussi attentivement sous sa forme humaine que sous sa forme animale. Elle retira le poisson des mains de Cooper et s'en occupa elle-même.

— Je m'occuperai de t'enseigner ça plus tard. Pour

l'instant, nous devrions plutôt manger rapidement puis reprendre la route.

— Il n'y a pas de feu, objecta le métamorphe.

Il était furieux contre lui-même à bien des égards.

— Nous n'avons pas besoin de feu pour l'instant, et si nous ne parvenons pas à en faire un ce soir, ce n'est pas grave. Tu n'auras qu'à me tenir chaud, proposa Amber. Entre toi et ces sacs de couchage haut de gamme, je suis certaine que j'aurai plus que chaud.

Elle avait continué de travailler en lui parlant. Amber lui tendait désormais une assiette pleine de magnifiques sashimis de saumon.

Cooper fit semblant d'être choqué.

— Je ne peux pas manger ça. C'est cru.

Elle le dévisagea, incrédule.

— Tu blagues, n'est-ce pas ?

Il ignora comment il parvint à conserver son sérieux.

— De la nourriture crue ? C'est pour les ours.

Ce n'est pas de refus, lui fit savoir avec enthousiasme son côté animal.

Amber se glissa sur ses genoux et leva un sourcil en l'étudiant de près.

— Tu aimes bien m'embêter.

Il s'autorisa à sourire et utilisa ses doigts pour prendre l'un des morceaux délicats. Il le porta à la bouche d'Amber.

— Mange.

Ses lèvres se refermèrent sur ses doigts. Sa langue se frotta à sa peau, chaude et humide, et Amber finit par reculer pour mastiquer.

Cooper prit le morceau suivant pour lui-même et ordonna à son corps de bien se tenir jusqu'à ce qu'il n'y ait plus rien à manger, car il n'y aurait alors plus de raison de rester assis ici dans le froid. Le regard d'Amber lui indiquait que, plus tôt ils se rendraient là où ils passeraient la nuit et où ils pourraient vraiment se réchauffer, mieux ce serait.

Ils adoptèrent un bon rythme de voyage. Ils se levaient, mangeaient, faisaient leurs bagages et voyageaient. Tout du long, ils discutaient lorsqu'ils le pouvaient. Leurs casques vibraient au son de leurs histoires partagées, de leurs espoirs et de leurs rêves.

Ils se sentaient bien seuls dans la toundra. Une fois qu'ils eurent passé la limite des arbres, le paysage ne changea que très peu. Certains passages avaient plus de pierres, ou de collines, ou laissaient entrevoir un petit lac avec de maigres broussailles sur la berge. Mais il n'y avait pas grand-chose de plus que du blanc, un ciel bleu et de petits buissons recouverts d'encore plus de blanc.

Ils épuisaient leurs provisions à un rythme soutenu, alors, dès qu'il le pouvait, Cooper se transformait en ours pour pêcher.

Ils étaient en train de s'installer pour leur troisième nuit lorsqu'il vit Amber lancer une corde par-dessus l'un des rares arbres des environs.

— Qu'est-ce que tu fais ? demanda Cooper.

— J'accroche notre nourriture, comme toujours.

— Pourquoi ?

— Pour la protéger des animaux sauvages.

— Tu es adorable, fit-il sans pouvoir retenir ses paroles.

Elle marqua un temps d'arrêt.

— Euh... merci ? Mais pourquoi ?

Il attrapa son menton entre ses doigts.

— Le plus gros et le plus terrifiant des prédateurs par ici, c'est moi.

— Oh.

Elle marqua une autre pause avant d'acquiescer.

Un son aigu s'échappa de ses lèvres. Cooper la regarda attentivement et vit alors qu'Amber riait.

— Oh mon Dieu, si tu voyais ta tête ! Je comprends *parfaitement* pourquoi Kaylee et Lara disent que les ours polaires sont mignons.

— Ma chérie, non. Nous sommes les plus effrayantes de toutes les bêtes.

— Mais si mignonnes... Je pense que ce sont les clins d'œil, dit-elle en lui en offrant un exemple très exagéré.

Il ricana en retour.

Je ne ressemble pas à ça quand je fais des clins d'œil, protesta son ours intérieur.

Pourtant, l'animal s'esclaffa, lui aussi.

Lors du quatrième jour de leur voyage, ils rencontrèrent un obstacle. La cache de carburant avait été utilisée récemment, et il ne restait plus qu'un nombre limité de provisions.

Amber considéra les maigres réserves.

— Si nous faisons le plein des deux motoneiges, quelqu'un d'autre se retrouvera dans de sérieux ennuis en arrivant ici. Et si je prenais la motoneige et que tu courais à côté sous forme d'ours ? On peut accrocher une petite luge à l'arrière pour tout ce que nous voudrions prendre en plus, et nous n'aurions plus à alimenter qu'un seul véhicule.

— Tu en es sûre ?

— C'est moi qui l'ai proposé, répondit Amber sèchement. Allez, c'est ce qu'il y a de plus sensé. Tant que ton ours en est capable, et j'en suis plutôt sûre, parce qu'il est génial.

Pourquoi c'est toujours agréable quand elle me fait un compliment ? C'est un truc d'humain, non ?

C'était surtout très amusant.

Ça lui donnait également de l'espoir. Tant que son ours

essayait encore de comprendre ce qui se passait, Cooper ne pensait pas qu'il prendrait de décisions hâtives, comme essayer de prendre le contrôle.

Ça veut dire qu'elle t'aime bien. Les humains font également ça en taquinant les gens avec qui ils veulent passer du temps. Et ça peut vite devenir compliqué. On ne sait pas qui embêter, ni quand, sans dépasser les limites.

Les humains sont bizarres.

Inutile de le contredire.

Voici comment Cooper et Amber finirent par abandonner l'une des motoneiges derrière eux avant de repartir. Un traîneau rempli de provisions supplémentaires était attaché à la motoneige d'Amber. Cooper, quant à lui, bondissait à ses côtés sous forme d'ours.

Courir et sentir la neige sous ses pattes était exaltant.

Amber conduisait la motoneige avec assurance. Le reflet brut du soleil sur la neige cachait les pentes et montées irrégulières et elle ressentait une secousse de temps à autre. Elle ne bougea pas de son siège et ils avancèrent vite.

Dans l'horizon lointain, l'obscurité pointait le bout de son nez.

Cooper se rapprocha d'Amber pour s'assurer qu'elle avait remarqué le changement météorologique. Elle était concentrée sur le ciel. Elle agita une main et lui fit signe d'aller vers la droite, là où une ombre infime suggérait la présence d'arbres ou d'un endroit où se protéger de la tempête qui approchait.

Le vent se leva. Cooper baissa la tête et mit toute son énergie dans son avancée. À ses côtés, Amber luttait contre le vent et le terrain de plus en plus accidenté.

Ils étaient encore trop loin de l'abri protecteur de la crête lorsque le vent changea de direction sans prévenir. Il souleva la couche de neige qui recouvrait le sol et ils furent ensevelis sous un nuage blanc.

Entre un souffle et un autre, Cooper perdit Amber de vue.

Il ralentit et compta sur son ouïe fine pour détecter le son du moteur de la motoneige. Le bourdonnement régulier ralentit lorsqu'Amber perdit de la vitesse...

Un bruit strident retentit. Cooper jura parce qu'il connaissait ce bruit. Le bruit inquiétant d'un moteur qui sifflait à toute vitesse et qui fut suivi d'un froissement sourd, comme un sac en papier qu'on repliait contre un tapis de neige.

Amber.

La première chose sur laquelle il tomba, ce fut le traîneau renversé. Quelques mètres plus loin, la motoneige était couchée. Le moteur sifflait encore et de la fumée s'échappait du système électrique.

Il baissa le nez au sol et traqua Amber.

Elle était si fixe qu'il eut une trouille bleue. Il colla son nez contre son cou et fut ravi de l'entendre hurler, se retourner et se précipiter loin de lui en crabe.

— Bordel, Cooper ! Je t'ai dit de ne pas me surprendre.

Elle appuya une main contre son front et oscilla.

Il se transforma et l'attrapa.

— Désolé pour le nez. Je sais qu'il est froid.

— Bon. Qu'est-ce qu'on fait maintenant ?

Cooper jeta un rapide regard autour d'eux. Il remarqua un sac de voyage qui était tombé du traîneau et le rapporta près d'elle. Par chance, il était tombé sur le sac qui contenait leurs sacs de couchage, et il enveloppa la jeune du tissu chaud.

— Reste là. Je vais faire un trou à neige sommaire. Je ferai aussi vite que possible.

Vu qu'elle ne protesta pas, il s'éloigna et se retransforma pour pouvoir aller plus vite et faire appel à toute sa force d'ours pour creuser la neige. Le vent sifflait, mais dès qu'il put traverser les couches superficielles et arriver à un mètre de profondeur, la neige compacte autour de lui créa un bouclier contre le vent. Il faisait toujours froid, mais sans le vent glacial, cela se ressentait moins.

Au loin, le moteur de la motoneige hoqueta et s'arrêta.

Lorsque Cooper eut terminé de creuser un trou assez profond pour eux deux et qu'il se retransforma en humain, Amber avait rassemblé un peu plus de leurs provisions.

On voyait qu'elle était inquiète et qu'elle avait froid.

— Je n'arrive pas à trouver notre abri.

— Nous nous en sortirons, lui promit-il, en tendant la main vers les vêtements qu'elle lui avait trouvés.

Elle repoussa sa main.

— Tu dois te transformer. Si tu restes sous forme d'ours, tu nous garderas tous les deux bien plus au chaud.

— Tu es sûre ?

Amber acquiesça sans hésiter.

— J'en suis certaine.

Transforme-toi. Tu n'es pas fait pour ce temps. Moi, oui, lui confirma son ours sans détour. *Dépêche-toi.*

Cooper ressentit un tel besoin de se transformer qu'il se demanda si c'était une bonne idée. Son ours prenait-il le dessus ?

Il la guida donc vers leur abri sommaire, l'aida à descendre et installa les couvertures pour qu'ils puissent être aussi protégés que possible lorsqu'il prendrait sa forme d'ours.

— Ne m'ouvre pas comme un tauntaun, l'avertit-il.

Il ne comprit pas pourquoi elle rit autant.

Alors qu'elle riait encore, Amber prit le visage de

Cooper entre ses mains et l'embrassa passionnément avant de s'adosser au mur de neige et de resserrer un peu plus le sac de couchage sur elle. Elle le regarda se transformer et, une fois qu'il fut installé avec précaution, elle rampa jusqu'à lui.

Elle tremblait de tout son corps et son visage était fermé. Cela lui brisait le cœur de la voir avoir si peur, toutefois elle était prête à affronter ses craintes.

Pourquoi tu as mis autant de temps à te transformer ? demanda son ours. *Même moi, j'avais froid là dehors !* se plaignit-il.

Cooper songea que ce n'était probablement pas une bonne idée de parler des éventuels problèmes qu'ils pourraient avoir. S'il le fallait, il garderait sa forme humaine pour pouvoir être avec Amber pour toujours.

C'était une décision qu'il ne se réjouissait pas d'avoir à prendre, mais depuis qu'il avait écouté les avertissements d'Alex, Cooper avait envisagé ses options.

Lorsque la température grimpa et qu'Amber se retourna pour se retrouver contre son torse, elle leva une main et la frotta contre lui. Et elle recommença. Comme si elle le caressait en s'endormant.

Ce petit morceau d'espoir dans leur cœur grandit. Peut-être, juste peut-être, que tout se passerait bien et que personne n'aurait de grands sacrifices à faire.

15

Amber se réveilla au son d'un bourdonnement sourd, sous la chaleur d'une journée d'été étouffante.

Une lumière bleu pâle filtrait d'en haut et, lorsqu'elle tourna la tête, elle découvrit que le tapis de sol qu'ils avaient étendu sur eux avant de se blottir l'un contre l'autre pour braver la tempête était maintenant solidement ancré dans la neige.

Ils étaient en sécurité, confortablement installés dans leur petit trou à neige. Ambre n'était désormais plus lovée contre l'ours de Cooper, mais contre un Cooper tout à fait humain.

Et nu.

Tout à fait nu et *excité*. Elle s'en rendit compte très rapidement. Il la déplaça au-dessus de lui et Amber cligna des yeux, surprise, lorsqu'elle découvrit qu'il avait le dos appuyé contre une surface douce et chaude.

— Où as-tu trouvé un lit ? lui demanda-t-elle.

— Le seul sac de provisions que j'ai emporté avec nous dans le trou avait exactement ce dont nous avions besoin. Une fois que nous avons eu un toit au-dessus de nos têtes et que la température s'est réchauffée, je me suis transformé et j'ai fait un peu de réorganisation. Tu dormais profondément, donc j'imagine que tu as raté ça.

Il caressa sa joue et descendit le long de son cou.

— Comment est-ce que tu te sens ? Est-ce que tu es blessée à cause de ta chute de la motoneige ?

Elle s'étira lentement et la chaleur du corps de Cooper vint l'envelopper comme s'il s'agissait d'un radiateur.

— Quelques élancements, mais rien de sérieux. Comment est-ce que tu te sens ce matin ?

Les yeux de Cooper lancèrent des éclairs, sauvages et désireux.

— J'ai faim.

Il fit glisser sa main vers le haut du dos d'Amber et rapprocha son corps du sien. Il inclina leurs bouches pour qu'elles se rencontrent. L'atmosphère était différente de tout ce qu'elle avait connu jusque-là. La lumière bleue qui les éclairait restait visible lorsqu'elle fermait les yeux, ce qui conféra au lieu une touche surnaturelle.

Cooper la garda sur Terre, et son baiser la ramena au présent. Pile là où elle avait envie d'être. Ses gestes étaient si attentionnés, si prudents que l'amour qui grandissait dans son cœur se fit encore plus fort.

Les deux années passées à l'admirer l'avaient conduite à cet instant.

Cooper l'homme était tout ce qu'elle avait désiré. Il était intelligent et sexy et attentionné. Cooper l'ours était tout aussi fantastique : son côté animal avait un sens de l'humour mordant et une obstination farouche à faire ce qui était juste.

Elle avait été contrariée au début, elle pouvait bien l'admettre maintenant, que son ours ait empêché l'accouplement. Mais sa bête intérieure avait raison. Une partie d'Amber ne parvenait pas à penser à l'avenir. Elle avait besoin de savoir ce qui était arrivé à Mason et à ses parents.

Trouver des réponses était important. Réussir à trouver la vérité, avec Cooper à ses côtés…

Elle roula avec lui. Ses habits disparurent comme par miracle jusqu'à ce qu'ils se retrouvent peau contre peau. Cooper mordilla l'endroit sensible sous son oreille, ce qui la fit frissonner malgré la chaleur.

De douces caresses. Un contact qui la faisait brûler de l'intérieur et qui ravivait un désir ardent.

Et lorsque Cooper glissa ses hanches entre ses jambes et qu'il les aligna dans un geste intime, Amber prit son visage entre les paumes de ses mains et le fixa droit dans les yeux. Elle ne voyait plus simplement l'homme, ni l'ours, mais lui dans son ensemble. Ce métamorphe unique qui était *à elle*.

Cooper se glissa en elle, là où il se sentait chez lui.

Il s'arrêta, puis il l'emmena au sommet avec de longs à-coups langoureux. Chaque mouvement était précis et intense, répété jusqu'à ce qu'il les pousse tous deux vers un plaisir aveuglant.

Le toit de leur trou à neige s'effondra juste après qu'ils eurent joui, ce qui apporta la touche finale.

Ils retrouvèrent tous deux leurs vêtements et s'habillèrent en vitesse. Ils rampèrent hors de la cave et s'aventurèrent dans la journée ensoleillée et venteuse.

Amber fit la grimace en observant les environs.

— Quel bazar ! J'imagine que ces bosses, c'est l'équipement que j'ai perdu en m'écrasant.

Cooper avait déjà commencé à creuser pour le récupérer.

— Il faudra un moment pour tout rassembler, mais ça devrait aller, tant que la motoneige redémarre.

Une heure plus tard, ils avaient tout ce qu'ils avaient pu trouver. Les bâches claquaient sous le vent fort. Leur motoneige désormais inutile n'était plus qu'un tas de ferraille sur lequel Amber donna un coup de pied.

— On dirait bien que ce plan vient de tomber à l'eau.

— On dirait qu'on va devoir passer au plan B, répondit l'homme ours sur un ton taquin.

Ils étaient perdus en pleine nature, sous un vent glacial et malgré tout, Amber ne pouvait pas se rappeler avoir jamais été aussi heureuse. Elle lui sourit.

— À quelle distance de la ville est-ce qu'on se trouve ?

Cooper consulta le GPS qu'il était parvenu à déloger de la neige.

— À environ deux heures, si le temps se maintient. Le vent est un atout. Il empêchera la neige de recouvrir notre équipement à nouveau.

— Alors, nous devons aller en ville.

— Ça fait une sacrée trotte...

Et si j'y allais en premier...

Elle ne prit même pas la peine de le fusiller du regard, elle se contenta de le *regarder*.

— Il est hors de question que tu me laisses en plan.

En plus, d'après elle, la distance n'était pas insurmontable.

Cooper ne la contredit pas.

— Tu as raison. Il vaut mieux que l'on reste ensemble. Je vais nous chercher des sacs à dos.

— Attends, j'ai une idée, dit-elle en se dirigeant vers le traîneau qu'ils avaient remorqué avec la motoneige.

Elle se mit à fouiller son contenu.

— Le traîneau est H.S., avertit Cooper. À part si tu es en réalité mécanicienne et que tes talents dignes de McGyver nous permettraient de le remettre en état.

— Je suis presque certaine d'avoir remarqué quelque chose lorsque nous avons fait le transfert...

Elle fut prise d'un sentiment de satisfaction en sortant une paire de skis et un paquet de tissus qui avait glissé sur l'un des côtés. Elle les leva en l'air d'un air triomphant.

— Tada !

Cooper s'accroupit.

— Des skis de fond, c'est mieux que de marcher.

— C'est pour faire du paraski. Prépare un sac à dos et je le porterai. Ton ours peut courir avec moi.

Le visage du jeune homme rayonna. Il s'approcha d'elle et lui fit un énorme câlin. Chacun de ses mouvements démontrait son contentement.

— Chaque fois que je découvre quelque chose de nouveau à ton sujet, ça me rend encore plus heureux.

Elle avait les mots « je t'aime » sur le bout des lèvres. Elle l'embrassa simplement en vitesse et se dépêcha de se mettre en place.

Cela faisait bien deux ans qu'elle n'avait pas revêtu cet équipement, mais elle faisait confiance à sa mémoire musculaire. Cooper retira lentement ses habits et attacha le tissu au sac d'Amber avant de l'aider à enfiler le harnais du cerf-volant.

— Fais une pause dès que tu en as besoin, lui dit-il. Et garde un œil sur le GPS, parce que mon ours n'est pas très doué avec la technologie.

Elle attacha l'appareil à son poignet et le vérifia pour s'assurer de pouvoir le lire avant de donner le feu vert à Cooper.

— Reste hors de mon chemin si je vais vraiment lentement. Il me faudra un moment avant d'être à l'aise, mais je suis certaine que c'est un peu comme s'y remettre après avoir fait une chute de vélo.

L'ours balourd s'étira nonchalamment avant de se secouer de toutes ses forces.

Amber était lestée par le sac à dos accroché aux cordes de son harnais. C'était bien la seule raison pour laquelle elle ne se glissa pas auprès de l'ours Cooper pour lui faire un câlin.

Elle ne ressentait vraiment aucune peur.

Bien sûr, elle ne répondrait de rien s'il lui sautait dessus et qu'il collait son gros museau froid contre son cou.

Elle lui rendit son sourire.

— Tu es mignon, ça ne fait aucun doute.

Il leva les yeux au ciel.

Amber mit correctement ses skis en place et retira les provisions supplémentaires qu'elle avait utilisées pour clouer le tissu de parachute du cerf-volant au sol.

Une rafale souleva brièvement le bord du tissu et s'y engouffra. Elle tira dessus avec soin et les courants d'air pénétrèrent et emplirent le grand rectangle. Il se tourna vers le haut, de plus en en plus haut, jusqu'à ce que le vent violent prenne le contrôle.

Amber fit le contrepoids en s'appuyant en arrière et se laissa tirer en avant par-dessus l'immense terrain de toundra qui s'étendait devant elle.

Pendant les cinq premières minutes, Amber s'attela à se remémorer comment manœuvrer. Comment positionner ses genoux en s'appuyant contre le cerf-volant tendu pour un effet optimal et un effort minimal.

Lorsqu'elle trouva enfin le juste milieu, cet instant qui se rapprochait le plus de la sensation de vol qu'elle pouvait imaginer, elle se sentit suffisamment à l'aise pour regarder autour d'elle.

Cooper se tenait sur sa droite. Il bondissait dans la neige en usant de ses muscles puissants pour parcourir facilement la distance. Pour un animal aussi imposant, il se déplaçait avec grâce. C'était un prédateur dans son habitat naturel.

Elle aurait pu passer la journée à le regarder.

Ses skis crissèrent contre la neige verglacée. Le vent qui la poussait faisait partie du terrain, et elle inclina les bords en métal de ses skis pour que leur angle corresponde aux coordonnées du GPS.

Ils voyagèrent pendant près d'une heure avant que le paysage ne change. Une série de basses collines s'élevait et descendait devant elle. L'espace d'un instant, Cooper disparut.

Amber se retourna et vit qu'il s'était glissé derrière elle. Il était désormais en position de chasse. Le jeune homme se trouvait juste sur ses talons, la bouche grand ouverte, un sourire enthousiaste sur les lèvres. Elle rit et se retourna pour vérifier vers où elle se dirigeait. Le cerf-volant qui tirait sur ses bras la fit trembler à cause de l'effort, mais le moindre centimètre de son corps se sentait en vie.

Un étrange bruit sourd commença à résonner dans ses oreilles. Elle se tourna vers la droite lorsqu'ils approchèrent du sommet d'une nouvelle colline.

Un hélicoptère, venu d'on ne sait où, surgit. Il changea sa trajectoire à toute vitesse et fonça droit sur eux.

Amber tira sur les câbles qui contrôlaient son cerf-volant pour rester en dehors de la ligne de vol de l'hélicoptère. Cela lui sembla étrange de voir des touristes si haut dans le nord, mais peut-être...

Les portes latérales s'ouvrirent. Quelqu'un se plaça dans l'embrasure de la porte et pointa un horrible fusil sur Cooper.

16

———

out changea si rapidement que Cooper eut à peine le temps de réagir.

Il passait le meilleur moment de sa vie à courir de toute sa force d'ours après Amber. L'instant d'après, il y avait là un hélicoptère. La lumière pointée sur lui ne lui sembla « Pas Une Bonne Chose ».

Amber est en danger.

Il n'était pas certain de l'origine de cette pensée. Provenait-elle de lui-même ou de son ours ? Une poussée d'adrénaline poussa son instinct protecteur à prendre le dessus. Cooper fit un sprint en direction d'Amber pour essayer de s'interposer entre elle et le véhicule qui approchait à grande vitesse.

Il ne s'attendait pas à ce qu'elle tire sur la poignée de libération de son parachute. Sa course se termina brusquement sur ses skis et le tissu du cerf-volant s'envola au loin comme un ballon qui s'échappait lors d'une foire.

Amber atterrit au sol et claqua ses pieds comme s'ils étaient en feu. Cooper avait continué à raccourcir la distance qui les séparait. Son attention basculait entre l'hélicoptère et la jeune femme. Il voulait montrer les dents aux intrus. Il voulait les déchiqueter et la mettre en sécurité. Elle courut vers lui à travers la neige.

Elle jeta ses bras autour de la fourrure de son cou, et lorsqu'elle eut fini de se balancer, elle atterrit sur lui comme s'il était son poney. Elle attrapa ses épaules et s'étala sur lui, couvrant son dos autant que possible de son corps menu.

— Ne faites pas ça ! hurla Amber. Ne faites rien à mon ours.

Quoi ?

Qu'est-ce qu'elle a dit ? demanda l'ours de Cooper sous le choc.

Je suis occupé.

L'hélicoptère se posa assez loin pour qu'ils soient en sécurité, mais encore trop près pour enlever l'envie à Cooper de s'enrouler autour d'Amber pour la protéger, et cette dernière le força à baisser la tête et couvrit ses yeux de sa main pour *le* protéger des cristaux de glace entraînés par le vent des hélices.

Alors que le bruit s'estompait, Amber se repositionna et Cooper vit un couple en uniformes vert olive s'approcher prudemment.

Ils avaient dégainé des pistolets tranquillisants.

Eh merde.

Cooper ne bougea pas. Il avait déjà eu affaire à ces objets, et ce n'était vraiment pas une partie de plaisir.

— Ne tirez pas. Ne vous avisez pas de tirer ! vociféra Amber.

Elle agita les bras en restant collée à lui.

— C'est mon ours, alors ne vous avisez pas de lui tirer dessus.

Les extrémités des pistolets se baissèrent légèrement.

Amber n'était plus dans l'angle de tir, mais le dos de Cooper n'était pas encore tiré d'affaire.

— Madame ? demanda l'un des gardes forestiers.

L'homme avait les yeux hagards et semblait bien plus instable que son homologue féminin.

— Baissez ces armes immédiatement, ordonna Amber. Je ne veux pas que vous le blessiez.

Les gardes forestiers échangèrent un regard, puis la femme se retourna vers Amber.

— Vous êtes sûre ?

— Bien sûr que j'en suis sûre. C'est mon gentil ours de Noël. Vous nous avez fait peur. Nous ne faisions qu'un peu d'exercice en plein air.

Cooper ressentit quelque chose de merveilleux le long de sa colonne vertébrale. Il gronda de plaisir sans le vouloir. Amber avait enfoncé ses ongles là où ça le démangeait derrière les oreilles. Si elle continuait plus longtemps, il allait se retourner sur le dos et lui offrir son ventre. C'était si bon.

Les gardes forestiers firent tous deux la grimace, mais la femme hocha la tête et se retourna vers son collègue.

— Retourne à l'hélicoptère et démarre-le. J'arrive.

— Oui, Caitlin, répondit-il en s'éloignant.

Il tenait encore son pistolet pour pouvoir s'en servir à tout moment si besoin. Il regarda encore et encore par-dessus son épaule pour s'assurer qu'on ne se jette pas sur lui dans son dos.

Caitlin croisa les bras sur son uniforme et fusilla Cooper du regard pendant qu'Amber se relevait.

— Gentil ours de *Noël* ? Bon sang. Je n'en reviens pas que mon collègue y ait cru.

— Il ne me fera pas de mal, et c'est ce qui compte.

— Je vous crois sur parole, dit la garde forestière en

regardant Amber. Un ours polaire métamorphe et une humaine, par ici ? Vous vous rendez à la communauté de Bathurst Inlet, n'est-ce pas ?

On les avait découverts.

— Comment est-ce que vous le savez ? demanda Amber.

— C'est la seule ville des environs, et même si vous avez prétendu être là pour une simple petite balade, je sais que vous n'êtes pas du coin. En plus, je pense savoir pourquoi vous êtes venus, dit Caitlin en tournant la tête vers l'hélicoptère. Je dois y retourner. Mon collègue est humain, alors je ne parle pas de métamorphes en sa présence. La communauté se trouve juste après cette côte.

Elle regarda Cooper une nouvelle fois.

Il resta immobile. Ses instincts de prédateur lui indiquaient que ce n'était pas le moment d'agir imprudemment.

Amber fit un pas en avant. Elle était à l'aise dans son rôle de protectrice et s'interposa entre lui et Caitlin.

— Merci d'avoir été raisonnables.

Caitlin sourit.

— Mademoiselle, vous marquez des points avec votre sacré culot. Bon voyage. Je vous reverrai plus tard dans la journée.

Elle s'éloigna. Les hélices de l'hélicoptère recommençaient à tournoyer.

Amber protégea son visage contre le cou de Cooper et resta immobile jusqu'à ce que le vent se lève et qu'ils se retrouvent à nouveau seuls dans la nature.

Elle releva la tête et tira sur son cou.

— Eh bien, voilà qui était intéressant. Laisse-moi récupérer tes vêtements. Ce sera peut-être plus sûr pour nous deux de terminer le voyage sur deux pieds.

Cooper n'avait aucune objection. Il se transforma et enfila rapidement ses vêtements.

— Merci pour la présence d'esprit dont tu as fait preuve, lui dit Cooper une fois qu'ils eurent repris la route en suivant la balise GPS. Je n'avais pas envie d'être endormi encore une fois.

— C'est quelque chose que tu fais souvent ?

— Oh mon Dieu, non.

Le chemin était lisse et assez ferme pour marcher dessus. Cooper prit donc la main gantée d'Amber dans la sienne et ils avancèrent, doucement, mais sûrement.

— Il y a longtemps, mes frères et moi étions en train de jouer à cache-cache. Alex et moi, nous étions un peu vieux pour ça, mais James aimait encore y jouer, alors nous lui faisions plaisir. Seulement, Alex a été distrait par la piste d'une odeur qu'il a suivie et James ne parvenait plus à le retrouver. Alors, je me suis cru trop malin et j'ai décidé de revenir en arrière pour garder un œil sur James. M'assurer qu'il allait bien, tout ça.

—C'était ton petit frère. J'imagine que tu étais sous ta forme d'ours ?

— Bien entendu. Je suis revenu si loin en arrière que je ne me suis pas rendu compte qu'il commençait à paniquer, et il a appelé les secours parce qu'il croyait être perdu et que nous l'étions aussi.

Amber couvrit sa bouche de sa main libre, les yeux rieurs.

Cooper soupira fort.

— Tout d'un coup, j'ai ressenti une douleur vive aux fesses, et j'ai eu comme l'impression que cinq shots de whisky m'étaient montés à la tête. Je me suis réveillé au zoo.

—*Vraiment ?*

— Mes parents m'observaient à travers la vitre en secouant la tête.

En dessous d'eux, un joli petit village s'étendait, situé contre un bras de l'océan Arctique. Les doigts d'Amber serrèrent fort les siens.

La jeune femme inspira profondément et le regarda droit dans les yeux.

— Je le sens bien.

Le parfum dans l'air indiqua à Cooper qu'il leur restait encore d'autres aventures à vivre. Mais plus inquiétant, ce picotement électrique était de retour. Celui qui lui donnait l'impression que sa peau se détachait et n'était plus à sa taille.

Comment tu te sens, mon pote ? demanda-t-il à son ours intérieur.

L'animal ne répondit pas pendant un bon moment et, lorsqu'il le fit, il le fit lentement, comme s'il avait besoin de beaucoup de concentration.

Je réfléchis. Et d'ailleurs, ce village est plein de... disons que ça pourrait mal se passer. Je ne fais que te prévenir.

Cooper avait repéré les possibles ennuis. Il offrit à la bête l'équivalent d'un câlin fraternel mental et reporta son attention sur Amber.

Son regard rencontra aussitôt le sien.

— Quoi qu'il arrive, je suis avec toi.

Malgré ses paroles positives, ses yeux étaient remplis d'inquiétude. Elle se tint droite et marcha avec lui le long du chemin qui menait à la ville.

Devant eux, un grand jeune homme sortit d'entre deux bâtiments et un petit cri échappa à Amber.

Cooper se crispa, prêt à la défendre, mais Amber était déjà en train de courir en avant, les bras ouverts.

— *Mason !*

L'homme à la peau brune sourit et tendit les bras vers elle. Il se tourna légèrement pour coincer Amber contre son flanc et la tint contre lui d'un bras.

— C'est bien toi. Oh, Amber, Dieu soit loué !

Cooper s'avança prudemment. Il devait faire attention au cas où son ours s'énerverait à la vue d'un autre homme qui la tenait entre ses bras.

Fais marcher ta cervelle. C'est son frère et, vu que c'est lui la raison pour laquelle nous avons fait la route, je pense pouvoir me montrer raisonnable.

Incroyable ! le nargua Cooper.

Puis, il n'eut plus le temps de provoquer son ours, car trop de choses se passèrent.

Il entendit le son des braillements d'un enfant et le regard de Cooper se baissa sur le sac à dos attaché à la poitrine de Mason qui avait une drôle de forme.

— *Oh.* Mason ? l'interrogea Amber en reculant, sous le choc.

Ce fut là qu'une femme brune à la peau très bronzée et aux yeux brun intense sortit du bâtiment le plus proche. Tous les signaux d'alerte que Cooper avait reçus de la part de son côté métamorphe se déclenchèrent.

Bordel.

La nouvelle venue s'avança, prépara son poing et le fit voler.

17

$\mathcal{A}$mber s'empressa de courir vers Cooper, sous le choc après la découverte inattendue de son frère et l'apparition d'une inconnue qui venait de donner un coup de poing en pleine figure à son ours.

— Arrête ça. Qu'est-ce qui te prend ?

Cooper leva une main vers Amber et s'éloigna de la femme qui l'avait attaqué.

— C'est bon. C'est le protocole de rigueur lorsque nos espèces se rencontrent sur leur territoire.

Amber s'arrêta, mais elle se mit tout de même en partie devant lui au cas où.

— Qu'est-ce que ça signifie ? demanda-t-elle en regardant Mason.

Celui-ci se balançait et sautillait pour ramener l'enfant fâché au calme.

— Et Mason, je suis si heureuse de te voir, continua-t-elle, mais quand même, un *bébé* ?

La femme autochtone qui avait frappé Cooper se tenait désormais aux côtés de Mason. Elle défaisait les liens afin de pouvoir retirer le bébé de son transporteur.

— Notre bébé, ajouta-t-elle en lovant l'enfant contre sa poitrine.

Les yeux sombres de Mason brillaient d'amour lorsqu'il enroula un bras autour des épaules de la femme et qu'il enlaça aussi le bébé. Il leva le regard vers Amber :

— Ça fait longtemps, et il y a beaucoup à dire, mais oui. Il s'agit de Marianne et de notre fils, Bram.

Les années d'incertitude s'envolèrent. Elle avait des rêves et des espoirs pour son frère et, tout d'un coup, ils semblaient avoir tous été réalisés. Même s'il restait de nombreux détails qui nécessitaient des réponses, Mason se trouvait dans un lieu qu'il considérait comme son chez lui.

Elle avait même donné un titre à son estomac noué. Alors qu'elle se laissait envahir par l'émotion, elle sentit ce nœud appelé « je ne sais pas où il est, mais j'espère qu'il est heureux » se relâcher légèrement. Il était en sécurité. Il était en vie.

N'avait-il jamais entendu parler du putain de téléphone ? Ou des SMS ? Ou des *cartes postales*, bon sang ?

Marianne croisa le regard d'Amber.

— Venez chez nous. J'imagine que nous avons beaucoup à nous dire, commença-t-elle en tournant le regard vers Cooper. Désolée pour ça.

— Inutile de t'excuser, insista Cooper. Je vous laisse nous montrer le chemin.

Lorsque Mason et Marianne passèrent devant eux, Amber se fraya un chemin près de Cooper pour lui chuchoter aussi bas que possible :

— Qu'est-ce que c'était que ça ? Pourquoi elle t'a donné un coup de poing en plein visage ?

— C'est un village de phoques métamorphes. Il y a eu quelques « incidents » entre nos espèces au fil des ans. Même si les ours polaires métamorphes sont désormais mieux avisés, il reste quelques horreurs pour lesquelles nous devons encore demander pardon.

Ours polaires. Phoques métamorphes.

Amber fit le rapprochement et eut une vision horrible.

— Tu plaisantes ?

— Pas du tout. C'est pour ça que chaque ours polaire fait la rencontre des membres de la nation phoque.

Tout avait du sens désormais.

Ils poussèrent la porte de la maison confortable vers laquelle Mason et Marianne les avaient guidés. Un débordement d'activité suivit alors. D'autres membres de la communauté se précipitèrent chez eux pour parler des équipements abandonnés dans les plaines au-dessus de la vallée. Certains partirent sur leurs motoneiges pour tout ramener.

Heureusement, aucun autre membre du clan phoque ne frappa Cooper au visage au cours de ces discussions. Apparemment, une fois par visite suffisait.

Après de rapides douches rafraîchissantes, ils s'assirent autour de la table de la cuisine. La soupe chaude et les biscuits furent appréciés après leur long voyage.

Amber et Cooper s'assirent côte à côte. La main du jeune homme était posée sur sa cuisse et leurs doigts étaient entremêlés.

Elle caressa ses doigts et se retourna vers Mason. Elle avait beau adorer son frère et être heureuse de le voir, il lui était impossible de cacher l'agacement dans sa voix.

— Cela fait plus de deux ans que je te cherche. J'aurais aimé que tu me donnes des nouvelles, histoire de savoir que tu étais en vie.

— Je t'ai donné des nouvelles. Enfin, plus au début que ces derniers temps, et je t'ai écrit parce que le réseau est très mauvais. Tu ne m'as jamais répondu, mais je me suis dit que tu étais occupée et que tu savais que j'allais bien.

Il jeta un regard à Marianne qui donnait de la soupe à Bram à la cuillère. Sa bouche était ouverte comme celle d'un petit oiseau.

— J'allais t'appeler, mais je me suis retrouvé ici et les choses se sont compliquées.

— Comme lorsque tu as découvert que tu allais être père ?

Il porta un regard plein de tendresse sur Marianne.

— C'est arrivé un peu plus tard. D'abord, j'ai eu à découvrir que les métamorphes existaient. Puis le lien d'accouplement. Tout était si compliqué. Ce n'est pas quelque chose que l'on peut expliquer dans une lettre, alors, je n'ai pas cherché à le faire.

C'était parfaitement sensé. La découverte de l'existence des métamorphes avait eu beaucoup à voir avec l'implication d'Amber auprès des Joyaux Borealis.

— Je n'ai jamais reçu le moindre message de ta part.

Il sembla stupéfié.

— Je suis tellement désolé. J'aurais dû faire plus d'efforts, mais j'ai pensé que... Je ne sais pas ce qui m'est passé par la tête.

Ils avaient perdu du temps et des années, mais ils étaient désormais là, et c'était ce sur quoi Amber devait se concentrer. Elle ne se réveillerait plus jamais la nuit, son cœur battant la chamade, à s'imaginer le pire.

Elle ne se sentirait plus jamais coupable en se rendormant, envahie par le sentiment inexplicable que tout allait bien.

— Il se trouve que tu aurais pu tout simplement me le dire et que j'aurais compris, mais tu ne pouvais pas le savoir.

Son frère serra ses doigts et se rapprocha d'elle. Il jeta un regard soupçonneux à Cooper.

— Il est avec toi, si je comprends bien ?

Cooper ne lâchait pas Bram du regard. Il ouvrait et fermait la bouche en même temps que le petit garçon. Amber n'était pas certaine que Cooper ait conscience de ce qu'il était en train de faire.

Le cœur d'Amber s'emballa.

— C'est mon compagnon, expliqua-t-elle. Il nous reste quelques légers détails à régler avant que ce soit officiel, mais oui. Il est avec moi.

Mason s'adossa à sa chaise et croisa les bras sur sa poitrine.

— Eh ben. Un ours polaire métamorphe, dis donc. Ça risque de créer quelques problèmes lors des réunions de famille.

Il ne croyait pas si bien dire.

— Ça risque d'être intéressant, mais on trouvera une solution, lui assura Amber.

Elle hésita avant de continuer :

— Et maman et papa ? Qu'est-ce que tu as trouvé ?

Le sourire de son frère s'agrandit.

— J'ai de bonnes et de mauvaises nouvelles. Je les ai retrouvés... Tu ne vas pas y croire !

— Essaie un peu, répondit sèchement Amber. Je peux croire plein de trucs depuis un moment.

—Ils ont survécu à l'accident d'avion, mais ils sont encore en train de guérir. Ce sont tous les deux des métamorphes, c'est pour ça que les équipes de recherche classiques ne les ont pas retrouvés.

Waouh. Il avait raison, c'était tout à fait incroyable. Pourtant, ça lui semblait parfaitement logique.

Amber se sentait légèrement engourdie après toutes ces

énormes découvertes. Elle parvint tout de même à parler comme s'il s'agissait d'une visite quotidienne tout à fait ordinaire.

— Quel genre de métamorphes ? Où sont-ils ?

— Des carcajous. Ils vivent avec un groupe de métamorphe dans une région reculée du Yukon. Le Refuge des Lumières du Nord ou quelque chose comme ça. On peut passer un appel par FaceTime avec eux si tu le souhaites, dit-il en faisant la moue. Papa se transforme encore spontanément par moments. C'est pour ça qu'ils ne t'ont pas contactée. Maman pensait que si tu savais qu'ils étaient en vie, tu insisterais pour les voir, et ce n'était tout pas possible. Maintenant que tu es au courant au sujet des métamorphes, je suis sûr que ça ne posera pas de problèmes.

Elle allait de miracle en miracle.

— Je suis contente de savoir qu'ils vont bien. Et je suis si heureuse de t'avoir enfin retrouvé. Tu m'as manqué, ajouta-t-elle après une forte inspiration, la gorge nouée.

Les yeux de Mason scintillèrent.

— Tu m'as manqué, toi aussi. C'est si bon de savoir que tu fais de nouveau partie de ma vie.

Amber tourna le regard vers Marianne. Elle observa cette femme qui avait certainement introduit son frère au monde des métamorphes et des possibilités magiques au-delà du royaume humain.

— Elle est jolie.

— Elle est parfaite, admira Mason en adoration. Elle me fait vivre un enfer quand je ne suis pas raisonnable, elle me fait rire, et nous sommes simplement faits l'un pour l'autre. Maintenant que nous avons Bram, je ne peux pas m'imaginer sans eux.

C'était un peu ce qu'elle ressentait avec Cooper, le reste de la famille de son compagnon et ses amies à Yellowknife.

Tandis qu'elle observait son frère, sa maison douillette et sa nouvelle famille, elle ressentit que sa quête était terminée. Il était heureux. Plus que ça, il n'avait plus vraiment besoin d'elle. Seulement en tant que sœur, par moments. Pas autant qu'avant, petits.

Elle lui prit la main.

— Je suis contente que tu aies trouvé l'endroit qui te correspond. Que tu aies trouvé les personnes dont tu avais besoin.

Mason lui serra les doigts en guise de réponse.

— J'ai trouvé mon cœur.

Bram était assez grand pour s'asseoir à une petite chaise attachée à la table. Maintenant qu'il avait suffisamment mangé pour ne plus être affamé, il semblait fasciné par les doigts de Cooper.

Cooper et Marianne avaient discuté à voix basse de pêche et d'autres sujets de discussion de métamorphes pendant qu'elle nourrissait Bram. Cooper avait étendu son bras libre à portée du neveu d'Amber et, désormais, chaque fois que Bram cherchait à attraper l'un de ses gros doigts, Cooper l'agitait légèrement, ce qui faisait rire aux éclats le petit garçon.

Le cœur d'Amber fondit à la vue de son grand ours et du petit bébé.

Marianne était de moins en moins distante. Elle finit par se retourner et offrir un sourire sincère à Amber.

— Nous n'avons pas la place de vous accueillir ici, mais la maison de mes parents est à votre disposition. Ils sont partis dans le sud rendre visite à mes sœurs. Demain, ce sera le Réveillon de Noël. J'espère que vous resterez avec nous pour fêter ça ensemble.

Amber avait complètement perdu le fil du temps au cours de la semaine.

— J'ignorais totalement que nous serions là pour les fêtes de fin d'année. Si vous ne nous mettez pas à la porte, nous adorerions rester.

— Vous faites partie de la famille. Vous pouvez nous rendre visite lorsque vous en avez envie.

Cooper était resté assis sans bouger. Les doigts de Bram étaient fermement enroulés autour du pouce de Cooper. Il semblait que ça ne dérangeait pas son grand ours polaire de rester là jusqu'à ce qu'il le libère.

Amber passa son bras autour de Cooper et le serra fort en répondant en leur nom.

— Alors, nous adorerions rester. Merci.

Ils restèrent plus longtemps et passèrent même un appel vidéo avec les parents d'Amber, ce qui la fit un peu pleurer. Elle s'accrocha à la main de Cooper en essuyant ses larmes. Ils rirent ensemble en partageant des souvenirs et, lorsque son père se transforma d'animal en humain à plusieurs reprises par accident, cela ne dérangea personne.

Après le dîner, ils eurent droit à une visite de la ville et furent amenés à la maison qu'on leur avait promise.

Mason les invita à revenir chez lui après leur installation, mais Amber refusa. Elle voulait être avec lui et sa famille, mais pas tout de suite.

Il se faisait déjà tard et elle en connaissait un qui avait besoin d'attention.

— Je suis heureuse que nous t'ayons retrouvé, Mason, et je suis encore plus heureuse de voir que tu as trouvé ton vrai chez-toi. Est-ce qu'on peut discuter demain ? Ça a été une longue journée, tout comme les jours précédents.

— Bien sûr, répondit Mason en la serrant fort.

C'était exactement comme les câlins de son enfance dont elle se souvenait si bien. Un câlin qui lui disait combien elle comptait pour lui.

— Il y aura bien d'autres lendemains où nous pourrons passer du temps ensemble.

Elle referma la porte derrière lui et se retourna vers son grand ours polaire. Après de véritables montagnes russes d'émotions, à travers la joie, le choc et la surprise de ses retrouvailles avec Mason et ses parents, Cooper n'avait pas quitté ses pensées.

Elle traversa la pièce rustique. Tout l'amour qu'elle lui portait menaçait d'exploser.

— Qu'est-ce qui ne va pas ? demanda-t-elle.

Il la conduisit vers le canapé et s'y assit. Leurs mains jointes, il fronça les sourcils :

— Je ne suis pas sûr...

Cooper secoua la tête comme pour chasser des mouches invisibles puis ses yeux s'écarquillèrent. Il s'éloigna et fit passer sa chemise par-dessus sa tête.

D'accord. Elle pensait qu'ils parleraient d'abord, mais...

Cooper sourit en déboutonnant son pantalon et en l'enlevant.

— C'est assurément une première, on m'a ordonné de me transformer. J'ignore pourquoi, mais cette fois, je crois que je ne devrais pas lutter.

Amber allait réclamer davantage d'explications, mais elle n'en obtiendrait pas : Cooper était déjà en train de se transformer. L'homme disparut pour laisser l'ours arriver. Ce dernier était assis devant l'âtre du petit salon, à peine assez grand pour lui permettre de se retourner.

Lorsqu'il s'appuya sur ses pattes avant et qu'il reposa son menton sur le genou d'Amber, elle céda et le caressa, faisant courir ses doigts dans sa fourrure.

— Merci pour tout ce que tu as fait pour m'emmener ici.

Heureusement qu'elle était assise, car elle entendit alors très distinctement la voix de Cooper. Seulement, ce n'était pas tout à fait Cooper, et elle ne lui parvenait pas à travers ses oreilles.

Elle l'entendait dans ses pensées.

— *Tu as tant fait pour participer au succès de ce voyage. Tu vas bien avec Cooper, et maintenant, je sais que tu iras bien avec moi aussi.*

Amber lâcha un soupir fébrile et essaya de lui répondre.

— *Cooper ?*

— *Oui... Et non. Je ne pense pas qu'il puisse t'entendre parce qu'il ne te parle pas. C'est moi.*

Cooper avait un jour dit que la relation entre lui et son ours était compliquée. Il ne blaguait pas.

— *D'accord. Donc, tant que j'ai l'opportunité de te le dire, est-ce que tu sais que je te trouve merveilleux ?*

— *Tu sais comment parler aux gens, dis donc. Ça me plaît. Tu peux me faire des compliments quand tu veux. Et me gratter derrière les oreilles est également tout à fait acceptable.*

— *Je tâcherai de m'en souvenir.*

Un mélange d'amusement et d'excitation la prit aux tripes. Elle avait envie d'en parler avec Cooper, mais, en même temps, elle n'avait pas envie que cette expérience touche à sa fin.

— *Est-ce que cela veut dire que Cooper et moi sommes accouplés ? C'est vraiment difficile de parler de toi et de Cooper comme si vous étiez deux personnes distinctes, mais est-ce que tu es d'accord pour que je fasse partie de votre vie ?*

— *Tout d'abord, j'ai besoin de te présenter mes excuses.*

Amber patienta.

Elle aurait pu jurer entendre l'ours déglutir avant de continuer :

— *J'ai dit à Cooper qu'il n'y aurait pas d'accouplement tant que tu n'aurais pas de place pour moi. J'avais tort. Je pensais que rechercher ton frère signifiait que tu avais un vide à l'intérieur. Mais je t'ai entendu parler avec Mason. Je ressens toute l'affection que tu as pour lui, et pour tes parents. Cependant, c'est toujours Cooper qui passe en premier. Et moi. Et tes amies. Maintenant, je comprends que l'on puisse tenir à plusieurs personnes et que ça ne signifie pas que tu les aimes moins. L'amour n'a pas de limites. C'est quelque chose qui grandit. Qui se déploie pour remplir l'espace.*

C'était un concept compliqué, et pourtant, c'était ce qu'il y avait de plus simple au monde.

C'était probablement la raison pour laquelle elle n'avait jamais perdu espoir. La raison pour laquelle elle ne s'était jamais vraiment sentie abandonnée ou seule. Elle *avait eu* de l'amour pour l'accompagner chaque jour de son périple. L'amour, l'espoir et l'optimisme étaient pour elle aussi naturels que de respirer.

Aussi naturel que se transformer l'était pour un certain ours cher à son cœur.

— *Je peux aimer mon frère, et mon amie Kaylee, et toute la famille de Cooper, et ma nouvelle belle-sœur et mon nouveau neveu, et j'aurai encore de la place pour vous aimer, Cooper et toi, son ours intérieur, de tout mon cœur. Parce que l'amour grandit, oui.*

— *C'est bien.*

Les larmes lui montèrent aux yeux. C'étaient des larmes de joie.

— *C'est même très bien.*

— *Je vais dire à Cooper de se retransformer pour que vous puissiez vous amuser. N'oublie pas de me gratter derrière les oreilles, et de me faire des compliments. Je te le rappellerai si tu oublies.*

Il y avait maintenant un homme nu agenouillé entre ses cuisses.

Il arborait une expression légèrement confuse.

— C'était la plus étrange des sensations.

Amber prit son visage entre ses mains.

— Est-ce que tu nous as entendus ?

Cooper secoua la tête.

— Rien de plus qu'un bruit de fond, comme les voix des adultes dans ces vieux dessins animés où ils n'apparaissent jamais. Bla-bla-bla.

Intéressant. Amber fit de son mieux pour essayer de lui parler comme avec son ours.

— *Est-ce que tu peux entendre ceci ?*

— *Moi oui, pas lui.*

— Tu viens de recommencer. Qu'est-ce qui se passe ?

— On dirait que je peux parler avec ton ours, et que lui aussi peut me parler. Le plus important à savoir, c'est qu'il ne s'oppose désormais plus à notre accouplement.

Le visage de Cooper s'éclaira.

— C'est génial, commença-t-il avant de s'arrêter brusquement. Alors, pourquoi est-ce que l'on n'est pas accouplés ?

18

Un véritable torrent d'émotions avait assailli Cooper

Son ours n'avait jamais pris les commandes de la sorte, et il était certain d'avoir reçu l'ordre de se transformer. Cela l'avait inquiété un peu, après les avertissements d'Alex et tout ça. Mais son ours avait alors ajouté un « s'il te plaît » auquel il ne s'était pas attendu.

L'ordre ne constituait pas un acte de rébellion de la part de son ours, mais un cri du cœur plein de douceur. Cooper ne s'inquiéta alors plus du tout d'être dupé par sa bête intérieure.

Il s'était produit quelque chose entre Amber et son ours qui n'était pas ordinaire.

Amber venait de lui donner la meilleure nouvelle qu'il avait reçue depuis longtemps et elle restait imperturbable.

— Je ne sais pas pourquoi rien ne semble avoir changé. Il faut peut-être attendre un peu ? Qu'est-ce qui est censé se produire lorsque nous serons officiellement accouplés ?

— Je m'imaginais quelque chose de complètement fou, comme ce qui s'est produit entre Kaylee et James au début de l'été, ou autre chose allant dans ce sens. Tu sais, du genre une tornade sur scène.

—Lara m'a dit que, pour elle et Alex, ça n'a été que lorsqu'il l'a mordue, à la façon des loups, que cela s'est produit.

— Alex m'a raconté la même chose.

Voilà qui était de plus en plus déroutant.

— Attends, laisse-moi vérifier un truc, ajouta-t-il.

Tu es là ?

Je ne vois pas où j'aurais pu partir.

Tout le monde aimait jouer les comiques aujourd'hui.

Donc, tu es d'accord si Amber devient ma compagne ?

Je suis presque certain que c'est ce que je lui ai dit. Tu ferais mieux de l'écouter un peu plus, vu que vous allez être coincés ensemble pour toujours.

Tu es particulièrement désobligeant ce soir. Et si tu faisais plutôt des propositions constructives quant à la raison de l'absence de réaction de métamorphe ? Vu que tu ne t'y opposes plus.

Il eut cette fois droit à une pause et à un haussement d'épaules de la part de son ours.

Ça doit avoir quelque chose à voir avec les traditions humaines. Je ne peux rien pour toi. En revanche, est-ce que ça te dérangerait de dire quelque chose d'important à Amber ?

Quoi ?

Dis-lui que j'apprécie tout particulièrement les compliments au sujet de mes prouesses sportives.

Il ressentit le besoin de dire à son ours d'arrêter de flirter avec sa femme, mais c'était bien trop bizarre. Alors, Cooper mit ça de côté, avec le reste des « bizarreries qui arrivent aux métamorphes qui s'accouplent avec des humains ».

— Tout ce qu'il suggère, c'est de suivre des traditions

humaines, commença-t-il avant que la terreur s'empare de lui. *Ne me dis pas que tu as envie d'un grand mariage. Euh... Tu peux me le dire si tu as envie d'un grand mariage, mais...*

Il n'était pas habitué à un tel sentiment de panique, mais il reconnut facilement ce dont il s'agissait. La tension nouait ses entrailles et des lumières vives dansaient devant ses yeux. Cooper était sur le point de s'évanouir.

Du calme ! Si elle a envie d'un grand mariage, nous survivrons.

Ça prend du temps, toutes ces choses, le prévint Cooper. *Je préférerais être casé pour toujours le plus vite possible. C'est tout.*

Bien sûr. Comme si je te croyais, se moqua sa bête intérieure. *Monsieur « Nous Devrions Attendre Le Bon Moment » !*

Il y eut de nouveau ce bourdonnement parasite dans ses pensées. Amber écarquilla les yeux. Son ours était-il en train de discuter avec elle ?

J'aimerais que tu trouves une façon de me faire participer, se plaignit Cooper.

Chut. On est occupés à parler. N'interromps pas les grandes personnes.

Cooper toussota.

Amber ricana haut et fort avant de rougir.

— Il est très loquace, non ? Ton ours intérieur.

— C'est surtout un vrai emmerdeur, marmonna Cooper.

Il se rendit alors compte qu'il était à genoux devant elle. Peut-être cela faisait-il partie de ce qu'il pouvait faire pour déclencher leur accouplement si unique.

— Amber ?

— Oui ? demanda-t-elle en souriant tendrement.

Il glissa ses mains sous les siennes et amena ses doigts à

ses lèvres pour y déposer un bref baiser. Il la regarda droit dans les yeux et laissa tout l'amour qu'il ressentait envers elle lui parvenir.

Il inspira profondément une nouvelle fois et ce fut le moment de poser *la* question :

— Est-ce que tu veux bien être ma compagne ?

Amber le gratifia d'un doux sourire et ses yeux se remplirent de larmes.

— Oui.

Ils patientèrent.

Aucun d'entre eux n'osait respirer ou détourner le regard...

Face au froid terrible qu'il faisait dehors, les murs de la cabane grincèrent. Une bûche crépita dans la cheminée. Mais rien d'autre.

Il était clair que rien de magique n'allait balayer la pièce et tournoyer autour d'eux.

Amber fronça le nez. C'était tout à fait adorable.

— Bon, ce n'était pas ça.

— J'imagine que non, ajouta-t-il en l'attirant à lui.

Il referma les bras autour d'elle et l'enlaça tendrement.

— Je suis quand même heureux que tu aies dit oui. Tu as raison. Nous trouverons bien s'il s'agit d'un petit temps de décalage ou d'autre chose. Nous y arriverons ensemble.

— Oui, bien sûr.

Amber colla sa joue à la sienne et serra fort son homme contre elle. Il ressentit une morsure vive au niveau de l'oreille qui déclencha un frisson le long de son échine. Elle fut suivie d'un coup de langue sensuel, chaud et humide contre sa peau.

— Ce serait vraiment dommage de ne pas profiter du fait que tu sois nu. Il y a un feu bien chaud et un tapis tout doux...

Une femme délicieuse qu'il pouvait savourer.

— J'aime ta façon de penser, Amber Myawayan.

Il aimait aussi son goût, ses baisers et les gémissements auxquels elle ajoutait son nom lorsqu'il la faisait jouir. Ce fut une soirée pleine de rebondissements.

Le village était encore plongé dans l'obscurité lorsqu'ils se réveillèrent. Cooper attisa le feu et retourna au lit. Il fut heureux de retrouver le matelas après leur moment sauvage.

Il joua avec les cheveux d'Amber et les fit glisser entre ses doigts. Celle-ci le fixait, à moitié endormie, d'un air heureux.

— Nous allons devoir trouver comment rentrer à la maison, mais nous pouvons rester ici aussi longtemps que tu le voudras.

— Je ne veux pas te séparer de ta famille trop longtemps, répondit Amber. En plus, je pense que je viendrai souvent ici.

— Nous pouvons assurément compter là-dessus.

Son visage arbora alors une expression sérieuse.

— Il faut que je te dise quelque chose.

Cooper se raidit.

Même si Amber était allongée sur le matelas, elle semblait avoir le dos crispé.

— Lorsque je t'ai rejoint dans ta cachette pendant la fièvre d'accouplement, je t'ai dit que je prenais la pilule. C'est le cas... ou tout du moins, ça l'était. Elle se trouve quelque part dans la neige. J'aurais dû y penser plus tôt. Avant de coucher avec toi hier soir.

En voilà un rebondissement intéressant.

— Je ne m'inquiète pas trop. En premier lieu, parce que je ne pense pas que rater la pilule un jour ou deux te fera ovuler sur-le-champ. Je dois te demander quelque chose, et pour ça, je vais devoir en revenir aux discussions que nous avons eues pendant la fièvre d'accouplement.

Il s'étira à côté d'elle et reposa la tête sur le bras d'Amber avant de poursuivre :

— L'une des différences entre nous, c'est que tu es jeune. Je ne t'ai jamais demandé si tu voulais des enfants. Et si tu en veux, combien de temps veux-tu attendre avant d'en avoir ?

Elle prit cet air qu'il connaissait si bien. Celui qui signifiait que même si elle était gênée, elle ne laisserait pas cette occasion lui filer entre les doigts.

— Je veux des enfants, et j'ai envie d'en avoir quand ça arrivera, répondit-elle en battant des cils. Je m'en suis rendu compte en voyant le petit Bram hier et quand je t'ai vu avec lui. Je suis peut-être tombée enceinte à ce moment-là. On peut dire que mes ovaires ont passé la vitesse supérieure.

Cooper rit. Le bruit se détacha distinctement, impossible à arrêter. Elle était à la fois si sérieuse et si adorablement féroce, comme lorsqu'elle parlait avec ses amies. Ce qu'il ressentait à l'intérieur de lui grandissait encore et encore pour laisser place à un sentiment plus profond et plus complexe.

— Alors, nous n'avons pas à nous inquiéter de pilules oubliées, parce que ça ne me dérange pas que ça se produise quand ça viendra, moi non plus.

Puis, parce que cela lui semblait indiqué, il la fit rouler par-dessus lui et l'encouragea à se réveiller pour de bon, aussi bruyamment qu'elle aimait le faire.

Il était presque midi lorsqu'ils sortirent de la maison. Ils durent se déplacer avec précaution le long des sentiers enneigés qui conduisaient à la maison de Mason.

Plus loin, ils entendirent des voix et un véritable

vacarme. Cooper garda une emprise ferme sur la main d'Amber et il les conduisit vers un nouveau lieu.

Au-dessus de leurs têtes, un avion qui volait au-dessus de la communauté vrombissait. La raison de cet attroupement était tout à fait compréhensible. Les habitants s'étaient rassemblés au bord de la piste d'atterrissage aux abords de la communauté.

Amber, devant lui, jeta un regard par-dessus son épaule, lui fit un clin d'œil et sourit.

L'avion atterrit et se rapprocha lentement du rassemblement. Lorsqu'il reconnut l'engin, la place que Cooper réservait à sa famille dans son cœur déborda d'amour à nouveau.

— Oh mon Dieu. Est-ce que c'est *vrai* ? demanda Amber.

La trappe latérale de l'avion s'ouvrit en grand. Leur famille et amis en descendirent. Kaylee et Lara trépignaient d'impatience.

Les trois femmes se jetaient dans les bras les unes des autres.

Alex sortit de l'avion un peu plus lentement, les bras chargés de sacs. James le suivait de près. Ils laissèrent tous les deux tomber leur cargaison et levèrent les bras pour encourager Cooper.

Alex hésita et jeta un regard à James lorsque deux femmes s'avancèrent parmi la foule.

Les frères plièrent les genoux et se penchèrent en avant. Ils venaient de se prendre des poings en pleine face.

Une seconde plus tard, ils étaient tous passés à autre chose. La femme qui avait frappé Alex lui offrait maintenant une tape dans le dos et l'envoyait vers sa compagne. Il s'agissait de Caitlin, la garde forestière de la veille. La femme était, elle aussi, un phoque métamorphe, ce qui expliquait bien des choses.

— Tu pourrais lui rappeler de ne pas m'arracher la tête, Amber, s'il te plaît ? lui demanda Caitlin, amusée.

Amber retenait Lara. La jeune femme leva rapidement les pouces en direction de Caitlin.

Décidément, les visites qu'ils rendraient au frère d'Amber seraient pleines de rebondissements, c'était certain.

— Qu'est-ce que vous faites là ? demanda Cooper à ses frères.

Ces derniers frottaient vigoureusement leur mâchoire avec leurs mains.

— Nous sommes venus passer les fêtes avec vous, bien sûr, répondit James en haussant les épaules. Ça ne sert à rien d'avoir un pilote dans la famille si on ne peut pas en profiter.

— Lorsque nous avons entendu dire que vous étiez arrivés et qu'Amber avait retrouvé son frère, nous ne tenions plus en place, expliqua Alex. Papy a insisté pour que nous venions vous rejoindre afin d'en faire une vraie fête de famille.

Bien sûr que ce vieux bouc avait insisté. Cet homme manipulateur et indiscret avait fait tout ce qui était en son pouvoir pour que Cooper finisse avec Amber. Ah, ce brave homme n'avait pas que des mauvais côtés, après tout.

Un fracas retentit derrière eux. La carrosserie du bas de l'avion s'effondra. Trois silhouettes élancées roulèrent au sol dans une avalanche de cris et de gémissements.

Lara se pinça l'arête du nez et appuya fermement ses deux poings sur ses hanches.

— Vraiment, les gars ? Dans quel monde est-ce que vous

avez cru que ce serait une bonne idée ? leur demanda-t-elle en les fusillant du regard.

Ils se relevèrent tous rapidement. Le visage familier de Dixon se trouvait parmi eux. Il épousseta la neige de son pantalon.

— Nous avons entendu que vous partiez à l'aventure. Nous nous sommes dit que vous auriez peut-être besoin d'aide. Au fait, nous allons t'ériger cette statue *pour de bon*, ajouta-t-il en souriant à l'intention d'Amber. Tu assures. Carrément.

Son ours ne ressentit rien d'autre que de l'amusement, ce qui rassura Cooper. Il ne prêta pas attention aux loups. C'était le problème de Lara et d'Alex.

Au lieu de cela, il donna une tape à ses frères sur les épaules.

— Je suis content que vous soyez là.

Il se retourna vers Mason et Marianne, qui attendaient près de l'assemblée, et leur offrit un immense sourire avant d'ajouter :

— Il est temps de préparer cette fameuse fête. Dites-nous ce qu'il y a à faire.

19

On pouvait bien parler de fête. Cette journée représentait même l'un des meilleurs souvenirs d'Amber.

Elle avait non seulement Cooper à ses côtés, mais aussi ses meilleures amies, Lara et Kaylee. Mason et sa femme lui faisaient revivre des souvenirs et lui permettaient d'en créer de nouveaux.

Leur petite maison était remplie, entre James, Alex *et* Dixon et ses amis.

Le petit Bram observait ce qui l'entourait avec de grands yeux. Il levait les mains avec une dignité impériale pour demander à passer d'une personne à l'autre et réclamer des câlins et des bisous. Il s'avéra que Dixon adorait les enfants. Ils se retrouvèrent tous les deux, le loup enthousiaste et le jeune bambin, confortablement installés dans un coin de la maison d'où parvenaient sans cesse des rires enfantins. Cela donna le sourire à tous ceux qui s'attelaient à la tâche.

— C'est si généreux à vous de nous avoir ouvert votre maison, dit Amber à Mason lors d'un moment de calme.

— Tu sais faire des miracles. J'ignore comment tu es parvenu à trouver de quoi tous nous nourrir, ajouta Cooper.

— Tout le mérite revient à Marianne, expliqua Mason en regardant sa compagne.

Son regard laissait une nouvelle fois transparaître toute sa tendresse.

— Et au reste du clan, précisa-t-il. J'espère que vous aimez le poisson.

— Tu n'as même pas besoin de le cuire, blagua Amber.

Cette dernière sauta hors loin de Cooper.

Tout le reste de la journée se déroula de la sorte. De courtes conversations, du temps passé avec ses amis. Un moment adorable après le déjeuner où elle berça Bram et que ses paupières se firent de plus en plus lourdes. Il s'endormit dans ses bras en toute confiance.

Amber ne bougea pas d'un pouce. Elle se contenta de regarder le bel enfant dans ses bras et de laisser de merveilleuses pensées lui venir à l'esprit.

De grands bras se refermèrent sur elle et une autre vague de joie apporta la cerise sur le gâteau.

— Salut, Cooper.

— Salut, ma chérie. Comment se passe ton Noël ?

Elle plongea dans son regard. Ils n'avaient pas encore ressenti l'enchantement mystique et irrationnel dont ils avaient besoin pour que l'accouplement se produise, mais elle gardait espoir qu'il se produirait en temps et en heure.

Ceci était censé se produire maintenant. Elle utilisa son bras libre pour attraper Cooper par le cou et l'attirer à elle pour qu'il puisse l'embrasser.

On les siffla discrètement pour éviter de réveiller le bébé qui dormait.

Par moments, des couples disparaissaient avant de

revenir. Ils prenaient le temps d'aller se dégourdir les jambes ou de retourner à leur chambre faire un somme. Le soleil ne se levait que très peu de temps à cette période de l'année et tout le monde s'assura de sortir profiter de son bref éclat lorsqu'il se leva, parfaitement aligné avec l'horizon.

La journée s'envola, tout comme la nourriture qui avait été disposée sur la table jusqu'à la faire grincer sous son poids. Les ours, les loups et les phoques mangèrent tous jusqu'à ce que cet étal abondant soit presque terminé. Ils repoussèrent leurs chaises et leurs mains se posèrent sur des estomacs légèrement trop remplis.

— J'aurais mieux fait de ne pas terminer ce dernier morceau de tarte, dit Dixon tristement.

—L'abus est parfois une erreur, lui répondit Alex en hochant la tête.

— Je n'ai pas dit que je ne voulais pas la manger. Je regrette juste qu'il ne reste plus de tarte aux noix de pécan, c'était la dernière part. Maintenant, je vais devoir aller chercher mon nouveau dessert préféré.

Il bondit sur ses pieds incroyablement vite pour quelqu'un qui avait ingurgité une telle quantité de victuailles. Ils entendirent des rires à nouveau, et... c'était exactement comme ça que les choses devaient se passer.

C'était ça, avoir une famille. Amber s'appuya sur le bras de Cooper et se délecta de l'instant.

La vaisselle s'empila et fut emportée en cuisine. Après un tourbillon d'activité, la maison fut nettoyée et le salon, transformé.

Amber ne parvenait pas à décider qui de Bram ou de Dixon était le plus émerveillé.

Un tas de cadeaux était apparu comme par magie. Les

paquets arboraient des couleurs vives, des rubans et des nœuds qui scintillaient à la lumière des guirlandes du sapin de Noël.

Kaylee s'installa près d'Amber.

— Grand-père Giles a été ravi de nous faire la surprise du voyage. Imagine donc un peu nos têtes lorsque Mamie Laureen a sorti deux sacs de cadeaux dignes du père Noël.

— Nous avons décidé de transporter tout ce que nous avions emballé avec nous, confia Lara en se blottissant encore un peu plus sous le bras d'Alex. On dirait qu'on a dévalisé le pôle Nord.

— Tant que vous n'avez pas dérangé les elfes, ça ne nous gêne pas, répondit Mason en tendant la main vers l'immense pile de cadeaux.

Sans lire le nom sur l'étiquette, il lança le premier à Amber :

— Joyeux Noël, sœurette.

Cooper s'installa à côté d'elle, ce qui affaissa profondément le canapé. Alors que les cadeaux étaient distribués, Amber s'arrêta pour lire la carte qui accompagnait le sien.

J'ai hâte que l'on se fabrique de nouveaux souvenirs ensemble.

—Mason

C'était un livre rempli de dessins. Des croquis réalisés par Mason tout au long du voyage qu'il avait effectué à la recherche de leurs parents. Au cours des années passées loin l'un de l'autre, elle s'était demandé ce qu'il faisait et ce qu'il voyait. Désormais, elle possédait une trace des endroits et des personnes qui avaient compté pour lui durant cette période.

Il n'était pas surprenant que les illustrations les plus

récentes représentent surtout Marianne, et celles des dernières pages, Bram.

Elle serra le livre contre son cœur et chercha son frère du regard dans le chaos de la pièce. Il était assis avec sa famille et lui souriait.

Il articula « je t'aime » en silence et elle fit de même.

Elle essuya une larme dans le coin de ses yeux et essaya de découvrir qui avait reçu quoi exactement. Malgré ses efforts, elle ne parvint pas à comprendre pourquoi Dixon avait un canard sur la tête.

Certains mystères ne seraient jamais résolus.

Cooper fixait l'intérieur de sa main.

— Qu'est-ce que tu as reçu ? lui demanda Amber.

— Tu le verras bien assez vite.

Il replia soigneusement ce qui pouvait bien se trouver dans sa main et le glissa dans la poche de sa chemise sans la laisser voir ce dont il s'agissait. Elle trouva ce geste plutôt cruel. Cooper la serra fort dans ses bras et déposa le plus délicieux des baisers sur ses lèvres. Il se rattrapait plutôt pas mal.

On frappa à la porte et tout le monde se retourna vers Kaylee et James qui jetaient un œil à l'intérieur. Ils étaient entièrement équipés pour l'hiver et les joues de Kaylee étaient rougies par le froid. Elle semblait également un peu chahutée. Amber s'imagina qu'elle et James étaient certainement sortis un peu pour s'amuser.

— Les gars, le ciel est absolument incroyable ! Tout le monde doit *absolument* voir ça ! s'exclama Kaylee.

Ils s'empressèrent tous de trouver des vêtements d'hiver et ils finirent par les suivre dehors. Ils grimpèrent en haut de la petite colline derrière la maison de Mason pour s'éloigner des réverbères. Ils se trouvèrent alors tous face à un spectacle de lumières bien plus grand que tout ce qu'Amber avait vu jusque-là.

D'un côté de l'horizon à l'autre, des lueurs bleues, vertes, indigo et violettes dansaient, ondoyaient dans le ciel, comme une main qui aurait pu étaler de la peinture sur une toile immense. L'émerveillement qu'elle ressentait la laissa sans voix.

Tout du moins, jusqu'à ce qu'il tire sur ses doigts et qu'elle se retourne face à lui. Les lumières continuaient leur danse autour de sa tête comme un halo. Elles se reflétaient dans les yeux de Cooper et sur les touches argentées dans ses cheveux.

Les mots lui vinrent alors :

— Je t'aime.

— Je t'aime vraiment, avoua-t-elle. Même si ça peut sembler rapide, ça ne l'est pas. Cela fait deux ans que j'ai commencé à tomber amoureuse de toi. Maintenant, j'ai tant d'amour pour toi que je ne peux que te couvrir de tendresse.

— Tu es absolument parfaite. On dirait bien que tu arrives à me couper l'herbe sous le pied chaque fois que j'essaie de te surprendre.

Amber s'immobilisa un instant, sans être sûre de comprendre ce qu'il voulait dire par-là.

Cooper mit un genou à terre et sortit une petite boîte qu'il lui tendit.

— Amber Myawayan, je t'aime. Est-ce que tu veux bien être avec moi pour toujours, quoi que nous réserve l'avenir ?

Les lumières au-dessus d'eux les enveloppaient. Tout ce qu'elle pouvait voir, c'était l'amour dans le regard de Cooper. C'était sincère, c'était la vérité, et c'était tout ce dont elle avait toujours eu besoin.

Elle se rapprocha de lui.

— Je serai tienne. Tu seras mien. Toi, dans ton intégralité, d'ailleurs. Maintenant et pour toujours.

Il glissa l'anneau sur son doigt et l'attira à lui dans un baiser tout sauf hésitant. Il scella leur accord, en quelque sorte.

Une idée à la fois merveilleuse et terrible se fit une place dans l'esprit d'Amber. Elle regarda autour d'eux et remarqua qu'ils étaient à l'extrémité du rassemblement, plongés dans l'obscurité. La plupart des gens se dirigeaient vers la maison, d'où Mason tirait des chaises de jardin pour observer le spectacle de lumières.

Amber tira Cooper sur ses pieds et l'attira dans la direction contraire.

— Qu'est-ce qu'on fait ? demanda-t-il.

— Tu le verras bien assez vite, lui répondit-elle pour l'embêter.

Une fois hors de portée de voix des autres, Amber ne lui donna aucun avertissement. Elle bondit dans ses bras et agrippa les deux pans de sa veste qu'elle dézippa d'un seul mouvement avant de tendre la main vers sa ceinture.

Cooper n'eut pas besoin d'explications supplémentaires.

Heureusement qu'il était métamorphe et habitué à se débarrasser de sa tenue en vitesse.

Et encore mieux, sa condition de métamorphe lui offrait une température corporelle largement supérieure à celle d'Amber, humaine. Cette dernière se demandait d'ailleurs si c'était vraiment une bonne idée.

Mais Cooper la conduisit dans le nid qu'il avait créé grâce aux vêtements qu'ils avaient retirés. Protégée du vent, avec son torse immense en guise de radiateur, elle fut vite réchauffée au contact de ses mains qu'il utilisait à bon escient.

Cooper mordilla l'endroit au creux de son cou qui la rendait folle.

— Je t'aime tant, murmura-t-il.

Elle aurait pu jurer avoir entendu un souffle musical traverser le ciel, accompagné d'une nouvelle explosion spectaculaire de lumières dansantes. Les mains de Cooper frôlaient sur sa peau, les lumières se reflétaient partout, et il l'amena rapidement au point de non-retour. Il hésita, puis se glissa en elle.

Les lumières devinrent alors encore plus éclatantes. De véritables tourbillons et explosions de feux d'artifice parcouraient le ciel. Tout cela faisait partie de la perfection de la nature.

Cooper les faisait bouger à l'unisson. Ils s'élevèrent et finirent par voler.

Amber découvrit alors une magique qu'elle n'avait jamais connue jusque-là.

Elle ne se résumait pas au simple plaisir physique. Elle ne se résumait pas non plus à l'amour dans le regard de Cooper. Les magnifiques aurores boréales qui dansaient au-dessus de leur tête et qui baignaient leur corps de lumière scintillante y jouèrent un rôle, ainsi que leur présence à elle et à Cooper, en tant qu'individus, que couple, et en tant que membres de ce qu'ils appelaient une grande famille...

Ce moment était empreint de magie, et ils le savaient tous les deux.

Cooper jura, doucement et respectueusement, car quelque chose de magnifique venait de se produire.

Le cœur d'Amber battait encore la chamade du fait de leur rapport sexuel, mais lorsqu'elle se recroquevilla dans les bras de Cooper, elle ressentit autre chose. Un lien qui représentait le bonheur et l'émerveillement à cent pour cent.

Cooper la dévisagea, ébahi :

— Amber ? Est-ce que tu ressens ça ?

Ils ne faisaient qu'un. Cette sensation était toute nouvelle et encore plus intime que le lien physique du sexe.

— Est-ce que ça veut dire que nous sommes accouplés pour de bon ? demanda-t-elle.

— Nous le sommes. Pour toujours, répondit-il en déposant un baiser sur ses lèvres.

20

Ils restèrent au village encore deux jours après Noël.

Juste après le déjeuner, ils se rassemblèrent près de l'avion. Deux groupes se préparaient à prendre des directions opposées.

Alex et Lara avaient décidé de prendre le traîneau et les loups de la jeune femme avec eux. Ils prévoyaient de faire le voyage en sens inverse pour récupérer les provisions abandonnées par Cooper et Amber le long de leur voyage vers le nord. Ils voyageraient avec quatre personnes sous forme de loup ou d'ours et une personne sous forme humaine pour pouvoir se relayer et faire le voyage en quelques jours.

Alex offrit un sourire à Cooper et s'avança pour lui dire au revoir :

— Lara a fait cracher le morceau à Dixon. Il a eu l'idée de leur voyage clandestin, car l'absence de supervision de leur alpha ne réussit pas trop aux deux garçons qui l'accompagnent. Ils envisageaient de véritables méfaits.

Lara va chasser leur esprit de rébellion en les faisant courir un peu.

— Ça se comprend, approuva Cooper. Mais maintenant, je suis un peu curieux. *Qui* a géré les choses pendant que vous étiez ici avec Lara ?

— Tatie Améthyste, répondit Alex en riant. Elle était d'ailleurs ravie de le faire. À l'exception de quelques enfants terribles, je suis certain que ça l'amuse comme une folle de donner des ordres à tout le monde.

— Merci de récupérer nos affaires.

— Tu sembles aller bien, observa son frère. Comment ça se passe entre Amber et toi ?

— Très bien. Ce n'est pas exactement ce à quoi je m'attendais, mais il y a quelque chose de véritablement unique dans notre accouplement.

Alex hésita avant de lui demander :

— Et ton ours, ça va ?

— Mieux que jamais. Il n'arrête pas de me narguer parce qu'il peut parler à Amber, et pas moi.

— C'est vraiment bizarre, fit Alex. Mais comme tu l'as dit, on dirait que c'est comme ça que ça marche pour vous deux.

Cooper offrit un énorme câlin fraternel à Alex qu'il accompagna d'une tape vigoureuse entre les omoplates.

— On se retrouve à Yellowknife.

Il prit alors Amber dans ses bras et la porta jusqu'à l'avion. Son souvenir le plus tenace de leur voyage de retour ne fut autre que ses yeux rieurs.

C'était désormais le Réveillon de la Saint-Sylvestre et toute la famille s'était réunie chez Grand-mère et Grand-père pour la double fête. Ils célébreraient la nouvelle année en famille et trinqueraient au quatre-vingt-cinquième anniversaire du patriarche.

Giles Borealis présidait la table, avec un verre de whisky près de lui et un sourire béat sur le visage.

— Vous m'avez rendu fier, les garçons. Je n'aurais jamais pu imaginer quel bonheur ce serait de voir ce jour arriver. Vous avez fait bien plus que de rendre heureux le vieillard que je suis. Vous méritez toutes les bonnes choses que l'avenir vous réserve.

Il désigna les enveloppes fines à côté de chacune de leurs assiettes. Cooper supposa qu'elles contenaient les détails du changement de propriété des Joyaux Borealis. Il ne ressentit pas le moindre besoin de l'ouvrir.

Il avait déjà obtenu la plus grande récompense de sa vie : sa compagne.

Le téléphone d'Alex sonna. Leurs parents l'appelaient par FaceTime. Toute la famille se rassembla autour de l'appareil pour parler à Giles Jr. et Glenda Borealis. Ils échangèrent de petites taquineries et leurs meilleurs vœux avec grand enthousiasme.

Cooper resta en retrait pour laisser ses frères tenir la plupart de la conversation.

Lorsque l'appel toucha à sa fin, il jeta un coup d'œil à la pièce et s'aperçut que sa grand-mère lui souriait avec satisfaction.

Il s'approcha d'elle et déposa un baiser sur sa joue.

— Je t'aime, Mamie.

— Moi aussi je t'aime, mon chéri.

Tous les autres étaient encore occupés à parler et il eut l'impression que c'était le bon moment pour poser sa question, tout bien considéré.

— C'est toi qui m'as envoyé la bague pour Amber ? Il me semble l'avoir reconnue.

Mamie Laureen acquiesça. Son visage rayonnait.

— Je n'étais pas certaine que ton accouplement se

déroulerait de la même façon que cela s'est passé pour Giles et moi, mais bénéficier du soutien de sa famille, ça change tout. En plus, une bague, ça fait partie des traditions humaines, et je n'étais pas certaine que tu te souviendrais de ce léger détail.

Il n'avait jamais vraiment songé à l'accouplement de ses grands-parents. Il savait simplement que c'était la preuve que les humains et les ours polaires pouvaient être ensemble avec succès pendant longtemps.

— Mamie, non pas que je veuille faire preuve d'impolitesse, mais est-ce que toi et Papy vous pouvez vous parler comme des métamorphes accouplés ?

Le regard vif de sa grand-mère s'arrêta sur son grand-père. Giles était en train de rire avec Amber. Cette dernière tentait en vain de souffler une bougie certainement truquée sur le gâteau du vieil homme.

Soudain, Papy Giles leva le regard et dirigea son attention vers sa compagne avant de fixer Cooper.

— Je ne sais pas pourquoi vous ne m'avez jamais posé la question, hurla-t-il de là où il se trouvait. Jeunes freluquets !

Ce qui répondait à sa question. En quelque sorte.

— Nous avons nos méthodes, répondit Mamie Laureen de façon énigmatique en arquant un sourcil.

Cooper la dévisagea, méfiant.

— Ce n'était pas une réponse.

— Tu es assez intelligent pour trouver la solution, répondit-elle en lui lançant un clin d'œil.

Puis elle se leva et rejoignit Kaylee et Lara, qui tiraient une boîte de derrière le canapé.

Oh.

Oh.

Pourrais-tu dire à Amber que j'aimerais jouer un tour à mon grand-père ? demanda Cooper à son ours.

Je ne sais pas si j'ai envie de jouer les messagers, l'embêta son ours intérieur avec bonhomie. *Mais bon, lorsque je parle avec Amber, elle ne me dit des choses agréables. Alors... C'est d'accord. Quel message dois-je faire passer à notre chère et tendre ?*

Arrête de flirter avec ma compagne, lui dit Cooper.

Notre compagne. C'est quoi le tour ?

Dis-lui de lui demander s'il a encore cette bouteille de whisky single malt Macallan Estate cachée derrière sa collection d'encyclopédies anciennes. Et si c'est le cas de lui dire que les garçons aimeraient bien y goûter.

Le bourdonnement auquel il s'était maintenant habitué se déclencha à l'arrière de sa tête. Ce n'était pas désagréable. En réalité, il était apaisé de savoir que son ours était lui aussi amoureux d'Amber et qu'il voulait le meilleur pour elle.

Lorsque son grand-père fut pris d'une quinte de toux de l'autre côté de la pièce, Cooper se retourna pour cacher son sourire.

Amber dit qu'il veut savoir comment elle est au courant.

Elle est également au courant pour la planque de saumon fumé dans le réfrigérateur du salon de jeux. Il ferait mieux de sortir la liqueur, ou elle finira par être au courant pour le chocolat Ghirardelli dans le congélateur qui ferait le bonheur de Mamie.

Cette fois, le bourdonnement lui parvint en même temps que la réponse de son ours. Cooper soupçonna alors la bête d'avoir trouvé une façon de s'adresser à tous les deux à la fois.

J'aime bien quand tu fais ton petit sournois. Au fait, tu as bien dit « saumon fumé » ?

Tu es un bon ours. Je t'en garderai pour que tu puisses en avoir ce soir pendant notre balade.

Je t'aime, mon gars. On forme une bonne équipe.

Quelques minutes plus tard, Amber se tenait près de lui, le visage rayonnant, un verre rempli à ras bord de whisky à la main.

— Ton grand-père te fait parvenir ceci avec ses compliments et te demande de ne pas partager tous ses secrets avec moi. Il semble penser que je pourrais les raconter à ta grand-mère.

— Parce que c'est ce que tu ferais, n'est-ce pas ?

Grand-mère Laureen leur fit signe de la main, agitant la barre chocolatée Ghirardelli dans ses mains à l'instar d'un drapeau.

Cooper embrassa Amber en faisant attention, vu qu'il tenait du whisky qui avait cinquante et un ans dans sa main.

Elle le conduisit là où leur famille les attendait impatiemment. Lara tendit à Amber un paquet emballé dans du papier cadeau coloré. Il y en avait deux autres aux pieds de Kaylee et Lara.

— Noël est passé, signala Amber en fronçant les sourcils.

— J'ai oublié de glisser ceux-ci dans les sacs que nous avons envoyés plus tôt, expliqua Mamie Laureen. C'est simplement quelque chose d'amusant.

Tout le monde était désormais rassemblé dans le salon. Alex était assis sur l'accoudoir du fauteuil de Lara. James et Kaylee étaient au sol, l'un à côté de l'autre, leurs jambes entrelacées.

Grand-père était assis dans son fauteuil, Grand-mère à ses côtés. Ils se tenaient les mains malgré la faible distance qui les séparait, unis comme s'ils n'étaient qu'une seule et même personne.

Cooper remarqua tout cela en un instant lorsqu'il observa la pièce et les personnes les plus importantes de sa vie autour de lui.

Il installa Amber à ses côtés sur le canapé et passa un bras autour d'elle. Il savait cependant qu'ils se sentiraient tout aussi proches même en étant à l'opposé de la pièce.

Amber déchira le papier cadeau et Lara et Kaylee en firent de même. Des morceaux métallisés bleu pailleté, verts et dorés volaient dans les airs, telle une aurore boréale miniature.

— Il est tellement mignon, s'extasia Lara en extirpant un loup en peluche de la boîte.

Elle se retourna vers Alex et le fit lui grogner dessus :

— Grrrrr, grrrrr et *grrrr*.

— J'ai eu un lynx ! s'exclama Kaylee.

Elle plaça la créature en peluche sur les genoux de James et fit semblant de la gratter derrière les oreilles.

— Elle est adorable. Merci, Mamie.

Cooper retenait son souffle. Les yeux de sa grand-mère étaient pleins de malice.

Amber sortit un ours polaire en peluche. Incroyablement douce, la petite bête avait de grands yeux bleus et un nez adorable en forme de cœur. Lorsqu'Amber la tint entre ses bras, Cooper tomba presque du canapé.

Ça lui va bien d'avoir un bébé. C'est bien ce que tu viens de dire ? voulut savoir son ours intérieur avec un peu trop de véhémence. *Tu as bien dit* bébé ?

Chut !

Oh, certainement pas. Je ne risque pas de me taire. Est-ce qu'il y a quelque chose que tu me caches ? demanda son ours avant de s'arrêter. *Attends. Pourquoi est-ce que je te pose la question ?*

Ne fais pas...

Trop tard. Son ours parlait déjà avec Amber. Elle rougit de plus belle et ses yeux s'agitèrent encore plus que ceux de sa grand-mère.

Il ignora les membres de sa famille qui se trouvaient dans la pièce et prit le visage d'Amber entre les mains. Il la regarda droit dans les yeux en avouant la vérité :

— Je t'aime. Maintenant et pour toujours. Tout ce que tu as en toi, du plus profond de moi-même.

Elle lui rendit son sourire, rien que pour lui.

— Je t'aime aussi.

Amber se retourna vers le reste de la famille et remercia Grand-mère poliment.

« Devenir le compagnon de la femme de ses rêves » était déjà la plus belle chose qui lui était arrivée. Cooper comprit que si « devenir une famille » faisait partie de son proche avenir, tout irait bien.

Parce qu'il ferait tout cela avec sa compagne éternelle.

ÉPILOGUE

Journal personnel, Giles Borealis, Sr.

J'éprouve une grande satisfaction.

Oh, je pourrais parler de fierté, de réussite, mais peu importe le bon déroulement de mes plans, il faut bien admettre qu'à ce stade, la seule chose qui compte, c'est que mes petits-enfants soient tous en bonne santé, heureux et accouplés.

Je ne doute pas que des arrière-petits-enfants sont en route également, mais je laisserai les garçons partager cette nouvelle quand ils le voudront. Ce n'est pas la peine de me mêler de cela.

Pas encore, en tout cas.

Non pas que je serais prêt à m'occuper de ce qui ne me regarde pas. Je me contente de faire des suggestions sages et discrètes afin de faire bouger un peu ceux qui pourraient avoir besoin d'aide dans leur recherche du bonheur.

Aujourd'hui a été l'aboutissement de nombreux plans. Après avoir envoyé les enfants dans le nord pour Noël, il était tout naturel qu'ils viennent passer la journée avec nous. C'était mon anniversaire, après tout.

Voir les trois couples ensemble m'a montré combien chacun d'entre eux est parfait pour l'autre et à quel point chaque couple est différent.

James et Kaylee sont encore les meilleurs amis qu'ils étaient, mais désormais, l'amour entre eux brille plus fort que le nôtre. Elle commence à comprendre que sa qualité n'est pas d'être extravertie ou de parler avec éloquence, mais d'être elle-même. Son côté humain ne risque pas de ressortir lors d'un événement social, mais elle a de plus en plus confiance en elle grâce à l'amour inconditionnel que lui porte James.

Je suis heureux qu'il y ait déjà si longtemps de cela, les parents de Kaylee et nos enfants aient emménagé à côté les uns des autres. Cette coïncidence a permis à cette romance de prendre racine. Les amis d'enfance le sont devenus pour toujours une fois adultes.

Ils sont encore aussi joueurs que des enfants, d'une certaine façon. Le lynx de Kaylee a foncé au beau milieu d'une bagarre de la meute de loups l'autre jour. Qu'est-ce que les garçons ont pu rire de son audace, et quel choc absolu sur le visage des loups...

Je dois admettre que je n'aurais jamais cru que l'un des miens finirait par jouer un rôle dans une meute de loups, et encore moins qu'il serait accouplé à l'alpha. Alex est le compagnon parfait pour Lara. Elle mène cette foule indisciplinée avec force et sagesse, et il lui apporte soutien et attention. Exactement comme un compagnon devrait le faire.

S'ils se crêpent parfois le chignon, cela est entièrement dû au sang chaud Borealis de mon garçon et à l'esprit Lazuli indomptable en elle. Et puis, quelques confrontations endiablées, ce n'est pas mauvais pour rester au chaud dans le climat du nord.

Il avait de grands yeux lorsqu'il est venu me voir en cachette et qu'il m'a avoué qu'ils n'étaient pas toujours d'accord sur tout. Je lui ai assuré que sa grand-mère et moi, nous nous disputions encore à ce jour. Nous n'allons jamais au lit fâchés, comme je l'ai expliqué à Alex. Il était d'accord avec moi : c'est une bonne habitude à prendre.

Je suis content que cette fille ait décidé de revenir dans le nord, où j'ai pu m'assurer qu'ils s'affrontent jusqu'à ce que leur cœur décide de s'en mêler.

Et puis, enfin, il y a Cooper. Ce garçon se balade partout, l'air surpris. Il n'en revient pas d'avoir trouvé la compagne parfaite en Amber. Je dois avouer que cette fille m'a quand même étonné. J'ai fait ce que j'ai pu pour les mettre sur la bonne voie, mais je n'ai fait que les encourager à une ou deux reprises, parce que je n'aime pas me mêler de ces choses-là.

La gamine doit la décision finale à ses talents et à son courage, surtout pour avoir affronté l'obstination d'un ours polaire. Elle fera une sacrée compagne pour lui. Tout comme il sera le seul pour elle, pour l'aider dans le futur, entre autres. Un membre des Joyaux Borealis, un membre de la famille Borealis. Le début de leur propre famille...

Oui, j'ai mes soupçons, mais ils doivent faire les choses à leur rythme...

La semaine prochaine, par exemple.

En attendant, j'ai de nouveaux plans de nouveaux fils à tisser. Mon anniversaire a beau être passé, il y a une date importante qui approche aux côtés de la seule femme qui n'ait jamais eu la moindre chance de voler mon cœur et mon âme.

Se construire une éternité avec sa compagne, c'est ce

qu'il y a de plus beau au monde. C'est pour cela que je souhaitais cela à mes petits-fils.

Je sais ce que l'amour apporte à un homme. Je le chéris chaque jour, auprès du cœur plein de tendresse et de générosité de ma Laureen. Je ne sais pas ce que je ferais sans elle. Heureusement que je n'ai pas à le découvrir. Les compagnons sont faits pour l'éternité, et c'est exactement ce dont j'ai envie.

Une éternité avec elle.

ÉPILOGUE

*L*aureen Borealis secoua la tête en voyant la lumière en haut des escaliers.

— Il est encore parti en laissant la lumière. « Je ne laisse jamais la lumière, mon amour », marmonna-t-elle en imitant Giles. C'est ce qu'il me dirait, mais en voilà bien la preuve.

Elle sourit quand même en grimpant les larges marches qui menaient à la tanière de son époux. L'intérieur aux riches boiseries lui allait comme un gant. Il était à la fois accueillant et confortable.

Peut-être un peu trop confortable...

Giles était installé à son bureau, mais il n'était pas en train de travailler. Il avait les pieds sur le bureau, la tête penchée en arrière, un sourire aux lèvres. Il ronflait discrètement, les mains repliées sur la poitrine. Il tenait fermement son alliance, comme pour la protéger.

Leur amour puissant rayonna, comme chaque jour depuis qu'il était entré dans sa vie près de soixante ans auparavant. Son compagnon, son cœur.

Son tout.

Laureen s'avança discrètement pour éviter de le réveiller. Elle nettoya le verre et le bol sur le plan de travail...

Le journal de Giles était ouvert. Son écriture soignée ressemblait à une œuvre d'art. Laureen s'approcha pour admirer ses lettres soigneusement tracées et sa syntaxe parfaite...

Bon, d'accord. Elle jouait les petites curieuses et voulait voir ce qu'il avait écrit. Il lui avait donné il y a longtemps de cela l'autorisation de fouiner dedans. Il ne cacherait jamais rien à la femme qu'il aimait plus que sa propre vie.

Il appréciait son désir de voir et de connaître ce qu'il avait de plus personnel : ses pensées.

Elle n'eut pas besoin de longtemps pour feuilleter ses notes les plus récentes. Lorsqu'elle eut fini, Laureen arborait un sourire encore plus grand et un cœur encore plus comblé. Voir ce qu'il avait fait dans l'ombre afin d'organiser l'accouplement idéal pour chacun de leurs petits-fils avait été une source de divertissement.

Giles n'avait pas du tout fait preuve de modestie dans son journal. Bien sûr, elle ne s'attendait pas à autre chose de sa part. C'était un hommage magnifique à ses manigances et manipulations réussies.

Il avait fait du bon travail et elle était fière de lui. Même si...

Ses plans fourbes ne représentaient pas *toute* la vérité, mais il l'ignorait.

Oh, il *avait* fait beaucoup. Il avait tout prévu et comploté, en faisant des suggestions et en tirant les bons fils dans les moments clés.

Elle n'aurait pas pu y arriver sans lui.

Les lèvres de Laureen tremblèrent sous le coup de l'amusement.

Elle avait fait ses propres prévisions et complots, bien avant Noël de l'an dernier.

Elle se remémorait encore la conversation qu'ils avaient tenue après le départ de la famille. Les cadeaux avaient tous été déballés, les adieux et les vœux avaient été partagés après le départ à l'étranger de leur fils et de leur belle-fille, Giles Jr. et Glenda. Ces derniers avaient placé les petits-fils de Giles et Laureen en charge...

LAUREEN ET GILES s'étaient installés près du feu. Elle avait un verre de vin à la main et lui du whisky.

— Il n'y a rien de mieux que les visites familiales, fit Giles en soupirant bruyamment.

Sa voix trahissait sa satisfaction.

— C'est vrai. Elles durent toujours trop peu.

Le dernier mot de Laureen s'accompagna d'un léger tremblement dans la voix.

Giles se redressa aussitôt et la scruta attentivement :

— Qu'est-ce qu'il y a, mon amour ?

Combien de temps devait-elle attendre pour faire le plus d'effet ? Elle inspira profondément et expira lentement, teintant l'air d'une légère note de tristesse.

— Oh, ce n'est rien.

Il se déplaça comme dans sa jeunesse et se mit à ses pieds. Il la regarda droit dans les yeux, inquiet.

— Dis-moi, ma chérie. Il ne doit pas y avoir de secrets entre nous.

— Oh, tu me caches bien des secrets, déclara-t-elle.

Elle lutta contre son amusement pour conserver son masque de tristesse.

— Seulement si je crois que les secrets te rendront heureuse par la suite...

— Quel charmeur !

— *Ton* charmeur !

Puis, dans un geste qui n'appartenait qu'à lui, il la souleva et s'installa dans le fauteuil, désormais avec Laureen sur les genoux.

— Maintenant, raconte-moi pourquoi ton joli visage est déformé par l'inquiétude.

Laureen ne voulut pas insister. Elle était bonne actrice, mais Giles n'était pas idiot. Elle lui livra son récit.

— Avec Giles Jr. et Glenda à l'étranger pendant plus d'un an, je me sentirai un peu plus seule. Oh, je sais bien que je t'ai, toi, commença-t-elle en posant une main contre sa poitrine, en adoration. C'est juste que nos petits-fils sont si occupés... Surtout maintenant qu'ils ont reçu davantage de responsabilités au sein de la société.

— Ce sont de bons travailleurs, lui dit fièrement Giles. Ils accompliront des choses incroyables pour les Joyaux Borealis. Ils sont tous si forts et si doués pour leur travail.

— C'est vrai. Ils tiennent ça de leur père, et du père de leur père.

Laureen lui tapota le nez et vit son sourire s'agrandir face à son espièglerie.

— Ne penser qu'au travail et pas à soi, c'est une mauvaise idée, Giles. J'ai eu besoin de beaucoup de temps pour t'apprendre à te détendre. Et c'est Glenda qui s'assure que notre fils prenne le temps de profiter de la vie. Qui aidera nos petits-fils à se rendre compte que la vie ne se limite pas aux résultats ?

— Oh.

Elle se blottit contre son grand torse, comme elle le faisait depuis de si nombreuses années. De là, elle s'étonna que l'adorable ours polaire métamorphe, pourtant entêté, qui avait conquis son cœur, ignorait qu'elle était capable de lire en lui comme dans un livre ouvert.

— Eh bien, le travail, *c'est* important, commença Giles.

— Le travail est *très* important. Je ne peux rien souhaiter de mieux à notre entreprise que d'avoir nos petits-fils aux commandes. Néanmoins, si cela veut dire qu'ils devront remettre encore et encore à plus tard la recherche de l'amour et le fondement de leur propre famille, alors...

Elle se redressa vivement, sortant de son rôle d'actrice pour partager la réalité qu'elle ressentait au plus profond d'elle-même.

— ... je donnerais tout à Minuit Inc., et je ne voudrais plus entendre parler des Joyaux Borealis si cela venait à empêcher Cooper, Alex et James de trouver leur compagne et l'amour éternel.

Giles rit en l'entendant.

— Tu es magnifique lorsque tu t'enflammes.

— C'est parce que je t'aime tant, avoua-t-elle sincèrement. Tu es mon cœur, Giles Borealis, ne l'oublie pas.

— Je t'aime, Laureen Borealis. Laisse-moi m'occuper des garçons. Je pense pouvoir régler tes inquiétudes assez facilement.

Et c'était ce qu'il avait fait, semblait-il.

Giles n'avait pas besoin qu'elle lui rappelle les moments qu'elle avait passés ave Kaylee et James lorsqu'ils étaient enfants, à leur montrer la voie vers une relation riche et intense qui serait prête à éclore le moment venu.

Il était inutile de mentionner que Laureen avait

rencontré la famille Lazuli pour la première fois il y avait des années de cela, à l'université. Que c'était elle qui avait encouragé les parents à déménager à Yellowknife.

Quand Lara était partie à l'université, Laureen était restée en contact avec la meute Orion par le biais de rendez-vous hebdomadaires avec son « club de lecture » avec Améthyste Lazuli. Oh oui, il y avait eu du travail dans l'ombre pour s'assurer qu'au retour de Lara, elle aurait un endroit à elle avec Alex.

Et les coups de pouce qu'elle avait donné à Amber pour s'assurer qu'elle était prête à relever le défi, eh bien, c'était simplement pour l'aider à trouver sa voie dans les régions sauvages du nord.

Laureen survola à nouveau les pages du journal de Giles.

Elle était tentée d'y laisser un post-it, d'ajouter quelques lignes faisant référence à tout ce *qu'elle* avait mis en marche. Mais bon, ce qui comptait, ce n'était pas qui avait fait quoi.

Ses petits-fils étaient accouplés. C'était ça qui comptait. Cela avait demandé du travail, mais chaque minute en valait la peine. Giles était heureux, elle avait désormais des petites-filles, et il y aurait bientôt des arrière-petits-enfants à câliner.

Il n'avait pas besoin de connaître le reste de l'histoire.

Heureuse, elle déposa un baiser sur ses lèvres.

Giles sourit sans ouvrir les yeux.

— Je fais un merveilleux rêve.

— Ce n'est pas un rêve. C'est simplement la vie de tous les jours, murmura-t-elle.

Cela le fit se réveiller pour de bon. Le métamorphe avec qui elle avait passé la plupart de sa vie l'attira sur ses genoux. Il étudia son visage et caressa délicatement sa joue.

— Un baiser de ta part, c'est loin de la vie de tous les jours, mon amour. Tu es pleine de magie. Ça éveille mes sens et remplit mon âme de joie.

— Quel beau parleur !

Elle se pencha un peu plus en avant et l'embrassa à nouveau. Bien se tenir, ça méritait une récompense.

Il fredonna, heureux.

— *Il t'adore tant.*

La voix dans ses pensées qui appartenait à Giles, sans être tout à fait sienne, lui était aussi familière que sa respiration.

— *Je l'adore aussi. Et toi aussi, mon gentil ours.*

— *Bien sûr que tu m'adores. Je suis le meilleur des ours. C'est moi qui savais que tu étais à nous avant même qu'il le sache.*

— *Tu es un ours magnifique et intelligent,* confirma Laureen.

— *Et mignon. N'oublie pas que je suis mignon,* ajouta l'ours de Giles avant de lui donner l'équivalent d'un baiser sur le nez.

— Arrêtez de flirter, tous les deux, lança Giles.

Il ne se plaignait pas vraiment. C'était ça le bonheur, l'éternité et la famille.

Laureen sentit son bonheur l'envahir jusqu'au bout des ongles. Des petits-enfants heureux, des enfants qui vivaient une vie trépidante et le regard plein d'amour que lui portait l'homme le plus cher à son cœur *et* son ours.

Elle n'aurait pas pu faire mieux.

J'ESPÈRE que vous avez apprécié l'histoire de Cooper et d'Amber, ainsi que le côté espiègle et entremetteur de Papy et Mamie Borealis dans cette saga. Je vous remercie de l'avoir lue. Si vous avez quelques minutes et que vous souhaitez laisser un avis pour les autres, je vous en serais reconnaissante.

Voici la conclusion de cette trilogie. Pour ne rien rater de mes prochaines sorties de romances paranormales, assurez-vous d'être sur ma liste de diffusion ! (*J'ai des projets ! Oh, la, la, si vous saviez !!!*). La liste de diffusion, c'est vraiment le meilleur moyen d'obtenir des informations, car je ne suis pas très active sur les réseaux sociaux.

Si vous souhaitez savoir quels prochains livres seront publiés et rester informés des nouvelles parutions, inscrivez-vous à ma newsletter.

～

Une compagne… sinon rien !

Quand le patriarche intrusif et déterminé de la famille leur impose une loi, les trois petits-fils de Giles Borealis, des ours polaires métamorphes, acceptent de suivre son décret. Cependant, James, Alex et Cooper ont chacun un plan bien différent en tête pour gérer la fièvre d'accouplement qui ne va pas tarder à se manifester. Seront-ils capables de lutter contre le destin ?

Spoiler : absolument pas !

～

La Fièvre des Ours
tome 1 : Une compagne convoitée
tome 2 : Une compagne insoupçonnée
tome 3 : Une compagne prédestinée

～

Vivian fait actuellement traduire ses nombreuses séries. Merci de consulter son site web pour toutes les dernières informations.
www.vivianarend.com/translations.

À PROPOS DE L'AUTEUR

Avec plus de 3 millions de livres vendus, Vivian Arend est une auteure de best-sellers figurant aux classements du *New York Times* et de *USA Today*. Elle a écrit plus de 70 romances contemporaines et paranormales.

Ses livres sont des romans intégraux qui peuvent se lire indépendamment de toute série et ne se terminent pas sur un suspense. Ce sont des histoires pleines d'humour et d'émotions, avec des moments sensuels et des fins heureuses. Vivian estime avoir le plus beau métier au monde. Elle habite en Colombie Britannique, au Canada, avec son mari depuis plusieurs années (l'inspiration de chacun de ses héros et un compagnon volontaire pour toutes sortes d'aventures).

* 9 7 8 1 9 8 9 5 0 7 5 4 4 *